Calella confidencial

ficción *pulp*

Gustavo Martínez Fernández

I

Terminé de rellenar el agujero con la arena que previamente había extraído al cavar. Fue entonces cuando la vi; me pareció el cadáver más hermoso que pudiera existir yaciendo inerte en la playa. Un pensamiento irracional, porque no era presumible que la costa estuviera sirviendo de último lecho mortal a otras adolescentes como si de un tanatorio al aire libre se tratara.

Miré al cielo y no pude distinguir la luna, pero sí la luz de un amanecer que no tardaría en hacer acto de presencia. Me pregunté si el cuerpo ya se encontraba allí cuando yo había llegado o si, por el contrario, alguien lo había depositado mientras estaba ocupado removiendo el terreno. Giré mi vista a la izquierda al escuchar el tintineo del mástil del yate anclado algunos metros más allá; después, lo hice a la derecha para observar el movimiento de los torsos en danza junto a los sillones de mimbre del NUI Beach y me dije que Bala se había dejado enredar para pinchar hasta más tarde de lo habitual.

¿Adolescente? Sí, pero no tanto: veintidós años y un cuerpo esbelto y con la piel bronceada… en el inicio de la primavera, lo cual me indujo a pensar que, al menos en las semanas previas, había vivido ociosa. Cejas gruesas y perfiladas; pestañas naturales y largas sobre unos ojos verdes que permanecían abiertos; nariz griega con fosas nasales estrechas sobre labios sonrosados y prominentes; melena rubia litúrgicamente extendida por encima de los hombros hasta llegar, recorriendo el cuerpo desnudo, a unos pechos que parecían artísticamente esculpidos y, sin embargo, sin atisbo de haber sido artificialmente modelados. Eran sus pies la parte de ella que tenía más próxima a mí, así que pude constatar que sus uñas habían sido objeto de un fino trabajo de manicura. Luego, quise comprobar si su pubis se encontraba totalmente depilado, pero un cierto pudor me hizo detener y permanecer demasiado tiempo de rodillas —posición en la que me encontraba cuando me había visto sorprendido al descubrirla—, dudando de la idoneidad de esa acción.

—Y tú, ¿qué haces aquí?

—Está muerta, Laia —respondí, al tiempo que señalaba la muchacha a la mujer uniformada, que, para mi estupor, se hallaba de pie junto a mí.

Se acercó al cuerpo para comprobar mi afirmación y, después, lo rodeó hasta llegar a su cabeza. Súbitamente, el arma reglamentaria apareció en sus manos y me apuntó con ella. Escuché las olas del mar rompiendo mansamente contra la playa. Era un contraste de extremos: la calma que me proporcionaba ese rumor y el estado de estrés al que me iban conduciendo los acontecimientos.

—¿Qué hacías aquí? —repitió—. No te muevas. No se te ocurra ni parpadear o te pego un tiro aquí mismo.

—¿Hablas en serio? —dije entre asustado y preocupado—. ¿Te parezco un asesino? ¿Cuándo lo has descubierto? ¡Ah, espera! ¿Entre revolcón y revolcón?

No bajó el arma, pero noté que la tensión en su brazo y en la mano que sujetaba esta había disminuido. También vislumbré una sonrisa en su cara.

—He llegado hasta aquí con la bicicleta —y señalé el vehículo que había comprado el día anterior para mi propósito—. Quería ver la salida del sol y me he encontrado con este hermoso cadáver.

—Nunca pierdes el sentido de la estética.

—Soy partidario de mantener una visión positiva ante cualquier fenómeno. ¿Y tú? ¿Qué haces tú aquí?

—Mi compañero tenía que ir al baño —señaló las casetas junto al NUI.

—Entonces, te dejo al mando —dije haciendo ademán de levantarme e irme.

—Obviando mi obligación de considerar tu potencial implicación en esta muerte, podría no oponerme a tu partida. Sin embargo, me sorprende que, siendo periodista, no sientas curiosidad por este suceso que se ha cruzado en tu camino.

—Es una ahogada más —argumenté.

—Puede que la oscuridad aún reinante los oculte, pero, la verdad, no veo síntomas de ello.

Y así era, desde luego; su vientre no estaba hinchado y tampoco se apreciaba, a pesar de la escasa luz, que la piel alrededor de sus labios se hubiera tornado azulada.

No se me ocurría ninguna otra excusa para desaparecer, pero permanecer allí era un grave contratiempo para mantenerme alejado de la luz pública, ahora que mi plan se había visto truncado y exigía una reformulación urgente.

—Los lectores y los medios que pagan mis gastos esperan mis artículos de hoy —lancé al aire.

—Me parece un débil y poco creíble pretexto; no eres de ese tipo de personas que deja para el último momento un trabajo cuyo cumplimiento se exige para una hora precisa.

Veía que no iba a poder sustraerme del asunto. Aun así, probé un último recurso.

—Laia: ahora mismo, es fundamental para mi trabajo permanecer al margen de cualquier tipo de acontecimientos de cariz público; especialmente, si estos me señalan.

Ella se mantuvo en silencio.

—Sé que estoy siendo críptico, pero no puedo darte más detalles. Por el momento.

Argumenté esto último porque intuí que decirle que sí lo haría en un futuro podría facilitar la concesión de su gracia.

—De acuerdo —dijo por fin—. Espero tu informe en mi casa el domingo por la noche —añadió bromeando.

Me incorporé y giré sobre mi cuerpo para encaminarme hasta la bicicleta. Entonces, vi un objeto apenas a un palmo de la rueda trasera. Sin dudar ni un segundo, lo empujé con el pie hasta el cuadro aprovechando el propio paso de mi pierna izquierda y, al agacharme para sujetar el vehículo y ponerlo en pie, lo cogí con disimulo.

—Mejor, camina por la orilla hasta el club —dijo refiriéndose al Club Nàutic— y sal desde allí hasta la calle; los clientes del NUI tendrán la vista nublada, pero Bala es un ave nocturna y no pierde detalle. Incluso es probable que nos haya reconocido, pero ya le contaré alguna milonga.

Seguí la mirada de Laia, que se mantenía fija en una decena de cuerpos vestidos de blanco nupcial que permanecían en corro parloteando. Bala recogía las cajas acústicas con las que, cual encantador de serpientes, hechizaba a su rebaño. No podía ver nítidamente su cara, pero sí distinguía la larga coleta recorriendo su espalda. Sonreí al recordar que siempre saludaba nuestra presencia —Laia y yo solíamos despedir el día allí tomando una cerveza mientras el sol se ocultaba en poniente— con algún tema de Supertramp, sabedor de que yo adoraba esa formación.

—Tienes razón.

Inicié el arrastre de la bicicleta por la arena, en paralelo a la línea que marcaba el agua de las olas, sin decir adiós ni volver la vista atrás.

Súbitamente, mi mano izquierda se desplazó hasta el bolsillo trasero —fue como un automatismo— y, al momento, detuve mi marcha; mi teléfono móvil no se encontraba en él.

Comencé a palpar el resto de bolsillos y de posibles ubicaciones junto a mi cuerpo, pero no hallé el aparato. Entonces, dejé caer la bicicleta y me giré para regresar rápidamente junto al cadáver y su custodia, pero me detuve al momento; Laia había alzado su brazo y agitaba el objeto que sujetaba su mano.

—Te lo devuelvo mañana —dijo triunfal.

—Eso es absurdo; sabes que lo necesito —respondí, pero supe, porque así lo corroboraba su mirada, que, de algún modo, tal vez por mi propia reacción, había intuido que ese dispositivo jugaba o estaba destinado a jugar un papel relevante en acontecimientos venideros.

—Mañana —repitió sin concesiones.

Cualquier intento de negociación no iba a ir a ningún lado, así que cogí la bicicleta y seguí empujándola para que rodara sobre la arena húmeda.

Me acercaba ya a la valla naif del club náutico. Delante de este, un grupo femenino acababa de instalarse para iniciar sus ejercicios de meditación. Apenas un roce de brisa erizó la piel de brazos y piernas que mis pantalones cortos dejaban al descubierto. Rodeé el edificio por el lado del mar para introducirme en el recinto separando la cerca; había decidido dejar allí la bicicleta porque, aunque no era socio, me conocían sobradamente —era cliente asiduo de su bar— y sabía que a los miembros les bastaría con cualquier explicación o excusa que se me ocurriera cuando pasara a recogerla.

Después, regresé por el mismo camino y di la espalda al agua para enfilar hacia la calle transitable. Me senté en un banco y me quedé allí, disfrutando del amanecer y del rítmico sonido de las pisadas de los *runners* sobre la pista que discurre paralela a la vía, esperando que el tiempo transcurriera. No quería mirar al lugar donde la hermosa adolescente yacía sobre la arena, pero era inevitable que mi vista periférica percibiera el escenario que había abandonado con el permiso de Laia.

Sé que, por un momento, mi mente pareció ponerse alerta, como cuando vuelcas la caja de un puzle y detectas que hay una pieza equivocada que corresponde a otro, pero no le di importancia porque mi atención se había disociado de la mirada para centrarse en el sonido de las sirenas policiales junto al NUI, apenas un centenar de metros a mi izquierda.

Esperé a que el reloj avanzara antes de cruzar la vía y dirigirme a La Tetera para despertarme con el café preparado por Toni y disfrutar del desayuno. Me instalé en la terraza, cuyas mesas se encontraban aún vacías, lo que indicaba que seguía siendo muy temprano. Mientras aguardaba la tostada sin tostar con mantequilla y mermelada saboreando una primera taza de *ristretto*, extraje el objeto que había encontrado en el escenario luctuoso. Lo posé, casi oculto, en la mano que permanecía discretamente apoyada sobre mis piernas cruzadas y lo inspeccioné; era una medalla.

Cerré la palma al escuchar los pasos de Toni.

—Aquí está el desayuno: tostada sin tostar, mantequilla, mermelada y café con leche fría. ¿Has oído las sirenas?—preguntó.

Pero no tuve que elaborar una respuesta porque enseguida contestó un cliente local que se acercaba por la calle peatonal.

—La policía ha encontrado un cuerpo en la playa. ¡Y estaba desnudo! —dijo.

—No parece algo extraordinario —apunté—. Que estuviera desnudo, quiero decir; estamos en la playa y, aunque acaba de comenzar la primavera, la temperatura es excelente.

—Es una chica —respondió, como si ese dato fuera relevante y explicara su sorpresa por el hecho de que el cuerpo estuviera desnudo.

—Y no había ropa a su alrededor —aclaró.

Toni y el cliente continuaron la conversación caminando hacia el interior de La Tetera. Volví a abrir mi mano para seguir con el examen de lo que parecía ser una medalla religiosa. Había algo sorprendente en la pieza: aunque era un círculo perfecto, parecía haber formado parte de un objeto de mayor tamaño; o, quizás, esta era la porción más grande de un conjunto de dos, porque, en su parte inferior —tenía que imaginarla colgada del cuello de la bella, ahora durmiendo el sueño eterno—, unos pequeños pernos de oro surgían de su lateral, que es el lado que circunvala las medallas y por el que viene dado su grosor; y la punta de estos —de los pernos— parecía rota. Y era impensable, dada la calidad en la ejecución de la pieza, que el orfebre hubiera errado en la tarea del pulido de esa parte de la medalla, así que deduje que había sido concebida para poder ser dividida fácilmente en dos. Y el contenido del anverso me daba la razón: rodeando el tipo, que es la imagen representada —en este caso, el apóstol Pedro—, la leyenda que trazaba un círculo junto al cordón o borde ordenaba: "Si caigo, entrega mi otro trozo a quien se indica".

"Si caigo", decía. ¿Es que se trataba de un soldado? ¿Un soldado adiestrado y presto para la batalla tras aquel dulce rostro? Ningún dato más lo aclaraba; no hallé inscripción o signo alguno en el reverso y, bajo el tipo, el exergo estaba conformado únicamente por las cinco letras de un nombre: Pedro. El apóstol Pedro.

Cerré la mano para ocultar la pieza y pedí la cuenta a Toni. Me pregunté si no le extrañaría que siempre pagara en efectivo, independientemente del importe. Tal vez, sí. O, tal vez, soy el único que se fija en esos detalles. Lo cierto es que sí soy yo quien impone cierta distancia entre mi persona y aquellos en quienes observo esa conducta en cualquier tipo de pago, sea de productos o de servicios.

Abandoné el pasaje peatonal y doblé a la izquierda para pasear por Església. La apabullante oferta comercial ocupaba mi atención incluso sin quererlo; tenía que concentrarme en mis indagaciones porque tenía la certeza de que solo si se aceleraba la resolución de aquel enigma, la playa quedaría libre de presencia policial y de curiosos.

¿Enigma? ¿Qué enigma? ¿Y si la policía ya conocía todas las circunstancias que rodeaban aquella muerte y yo estaba aquí, especulando sobre misterios inexistentes? Pero, luego, pensé: "¿Y si, precisamente porque la policía no ha encontrado esta medalla, el cadáver se convierte en un misterio irresoluble?

No di importancia a esta última cavilación y llevé mi mano izquierda al bolsillo trasero en un gesto inútil por alcanzar el móvil. ¡Mi móvil! Su recuperación era trascendente porque contenía información de vital relevancia; información a la que no podía acceder de ningún otro modo porque no se hallaba en ninguna aplicación en la nube, sino en la maldita zona militarizada de su memoria, invisible e inaccesible para nadie que no fuera yo mismo, salvo que fuera sometido a algún proceso de hackeo para recuperarla.

¿Podía Laia llevar a cabo ese proceso? ¿Y por qué iba a hacer tal cosa? No dudé de que utilizaría los medios a su alcance para acceder a la información pública, pero eso no me preocupaba; encontraría los datos de contacto de los medios de comunicación con los que colaboro, la correspondencia mantenida con ellos y poco más, porque los contactos e información realmente capital, todo ese conjunto de elementos que forman parte de mis herramientas de trabajo, se encuentran invisibilizados en el interior del dispositivo. Estúpidamente, pasó por mi cabeza desplazarme hasta Barcelona para utilizar la copia de seguridad que guardo en la caja de una entidad financiera, pero, claro, reparé en que esa copia no estaba actualizada con la información de la madrugada.

Cabía la posibilidad de adquirir un teléfono nuevo, pero no deseaba activarlo utilizando mi cuenta porque, obviamente, toda acción por mi parte sobre él sería visible para Laia desde mi otro terminal a poco que se lo propusiera. Y, por supuesto, herramientas no le faltarían.

Ralenticé mi paso mientras trataba de encontrar una solución. Me encaminé a la biblioteca, al final de la calle, ya en la Plaça de l'Ajuntament; allí, podría hacer uso de los terminales públicos. Entré y me dirigí a ellos para iniciar la búsqueda. ¿La búsqueda de qué? En realidad, no sabía por dónde empezar, así que tecleé "medalla religiosa san Pedro" porque era lo único que se me ocurría, y el primero de los muchos resultados arrojados fue "joyaestilo", un comercio online con taller de orfebrería propio que ofrecía información extremadamente detallada de cada una de sus piezas. Orientada a la alta joyería con diamantes, disponía, sin embargo, de un catálogo inabarcable de medallas religiosas de oro y plata.

"Si alguien puede darme alguna pista, tiene que ser su orfebre", me dije, por lo que exploré toda la web hasta encontrar su nombre: Gregorio Mañas. El problema era, ahora, contactar con él y, en cualquier caso, tendría que desplazarme hasta su sede en Cerdanyola del Vallès, una localidad situada a unos cincuenta kilómetros de Calella.

Salí a la calle dispuesto a tomar un taxi y fue entonces cuando observé un elemento discordante en la armonía del conjunto de la plaza; un sujeto que trazaba una diagonal zigzagueante sobre la misma, signos evidentes de una adicción difícilmente superable.

—Te iría bien un poco de dinero para comer, asearte y descansar —sugerí.

Reflexionó sobre mis palabras. Sé que lo hizo, aunque fuera en un solo instante de cordura.

—Sí, la verdad —dijo finalmente.

—Entra en esa tienda de telefonía y adquiere un teléfono y una línea de prepago para mí —le dije extendiendo cuatro billetes de cincuenta euros ante sus ojos—. Allí mismo, lo activas con tu cuenta. Porque... ¿tienes cuenta?

—¡Claro que tengo cuenta! —se ofendió.

—Si lo haces, te daré doscientos euros. Y trescientos más cuando te devuelva el móvil el domingo por la noche, siempre que hayas sido discreto y no hayas comentado con nadie nuestro trato —"un trato muy arriesgado", pensé, pero no era capaz de discurrir una mejor alternativa.

Tomó el dinero sin decir palabra y accedió al establecimiento frente a nosotros. Parecía haber recuperado por completo el equilibrio porque se mantenía erguido. Vi cómo extraía de su bolsillo la cartera y, de esta, su documentación para poder completar la transacción y el alta de la línea. Finalmente, salió; nos apartamos unos metros y me entregó el móvil. Verifiqué que funcionara correctamente y que hubiera activado su cuenta antes de sacar de mi cartera los doscientos euros que le había prometido.

—No te preocupes —dije—. Únicamente, lo necesito para navegar y hablar; no voy a enviar ningún correo ni mensaje desde él. Nos vemos aquí mismo el domingo por la noche, a eso de las nueve.

Asintió con la cabeza. Sin despedirme, avancé hasta llegar a Riera Capaspre para tomar un taxi. Miré a la izquierda para contemplar el horizonte marino y aspiré profundamente para sentir el olor a agua salada, tan perceptible que parecía encontrarme nadando en ella. Grupos menudos de turistas se desplazaban entre los escaparates y los locales de restauración, y también en dirección a la cercana playa. Algunos de ellos lucían una piel levemente enrojecida o claramente bronceada, síntoma inequívoco de que su estancia aquí se había iniciado ya algunos días antes.

—Voy a Cerdanyola del Vallès —indiqué al conductor del primer vehículo de la fila.

En el tiempo transcurrido desde mi llegada, no había abandonado Calella ni un solo día porque había decidido permanecer completamente inactivo —excepto, claro está, la rutina diaria de publicación, para mantener las apariencias, de un artículo en al menos uno de los medios en los que colaboro como *free lance*—, propósito que cumplí hasta que Laia y yo nos descubrimos en las noches desmadradas de La Quadra y una acelerada ampliación del perímetro de nuestra relación me llevó a conocer, a través de conversaciones telefónicas robadas a su indiscreción, el asunto que rompiera con este mi breve período sabático.

Contemplé el faro a mi derecha y, después, Roca Grossa, esa peña que distingue a mi cala favorita, ahora invadida por bañistas textiles que ignoran su señalización como preferentemente nudista.

Algunos centenares de metros después, el vehículo se incorporó a la autopista y, como en una media hora, llegamos a Cerdanyola. Pedí al taxista que parara en un punto céntrico de la ciudad —cerca de la iglesia— porque no quería que conociera mi destino final; una cuestión de precaución, simplemente. Fue al bajarme del vehículo cuando recordé que, ensimismado en mis pensamientos, había olvidado llamar al orfebre para asegurarme de que se hallara en su tienda. Lo hice y, precisamente, debía esperarlo media hora porque había salido, así que opté por tomar un helado en la terraza de Da Vinci, justo al lado de donde se había detenido el taxi. "Quizás, un helado de Da Vinci alimente mi genialidad e inspiración", bromeé para mí.

—Ya he regresado —dijo el orfebre cuando descolgué su llamada en mi móvil.

En efecto, había transcurrido media hora. Apuré la copa de helado, pagué y dejé atrás la parroquia de Sant Martí para alcanzar la calle Sant Antoni, que recorrí alzando la vista a los rótulos hasta encontrar la joyería. El orfebre se encontraba detrás del mostrador. Al verme, pulsó el botón de apertura de la puerta de seguridad y accedí al interior preguntándome cómo debía enfocar mis preguntas.

—Soy Gregorio Mañas, el orfebre de Joyaestilo. ¿En qué puedo ayudarle?

Me sorprendió que no preguntara mi nombre, pero entendí que era un profesional acostumbrado al trato discreto; no todos los clientes que compran un anillo de diamantes lo hacen para regalárselo a su mujer. También me sorprendió que diera por hecho que yo era la persona que había preguntado por él esa mañana. Supongo que leyó mi cara y que, por esa razón, consideró conveniente aclarar su perspicaz deducción.

—He salido a realizar unas gestiones. Antes, he tomado un café en Da Vinci; cuando me iba, un taxi se ha parado a mi lado y usted ha bajado de él. Después, ha sonado mi teléfono y, más tarde, cuando yo he informado a la persona que me había llamado de que ya me encontraba de regreso en la joyería, ha aparecido aquí.

—Estoy interesado en reproducir una medalla —expliqué mientras asentía con la cabeza para dar por clarificada la situación.

La extraje de mi bolsillo y la deposité sobre la mano abierta del orfebre dejando visible su reverso. La sopesó con delicadeza; luego, acercó su mano libre para acariciarla con las yemas de los dedos y, por último, la rodeó con estos para estimar su tamaño.

—Una creación interesante —señaló—. Un falso círculo en origen, cuando se componía de dos piezas, la segunda de las cuales, más pequeña que la primera, permanecía anexionada a esta mediante pernos de una aleación de oro y otros metales.

—¿Otros metales? —pregunté.

—Una fórmula secreta… o casi; nunca se sabe.

Observó con detenimiento mi rostro expectante antes de continuar.

—El orfebre que la utiliza creerá siempre que solo él es el poseedor de ese conocimiento reservado, pero eso no es demostrable precisamente porque se trata de un saber que no se divulga.

Señalé la medalla como un modo delicado de pedirle que nos centráramos en ella.

—Esos pernos —continuó— tenían una doble misión: mantener unidas las dos piezas con firmeza suficiente como para que un golpe o una presión involuntaria sobre ellas no las separara y, al mismo tiempo, posibilitar su desagregación cuando ese fuera el propósito de su poseedor.

—¿Y eso solo se consigue con esa aleación?

—Puede hacerse de otros muchos modos, pero ese es el adecuado.

Deslumbrado por su erudición, formulé atropelladamente dos preguntas más.

—¿Y deduce todo eso de la mera observación del reverso de la medalla y de su volumen? ¿No le interesa saber qué hay en su anverso?

Sonrió.

—Aunque hay otros elementos en él, el anverso de esta medalla está esencialmente compuesto de la imagen de un apóstol y de una leyenda que dice: "Si caigo, entrega mi otro trozo a quien se indica".

Ahora sí, la expresión de mi rostro era de absoluta estupefacción.

—Esa es la respuesta a la segunda de sus preguntas. Respecto a la primera, el reverso aporta una pista. Fíjese en esta diminuta filigrana: identifica al taller que la ha fabricado; este taller.

Luego… ¡había encontrado un importante eslabón de la cadena! ¿Fruto de la casualidad? No tanto. Probablemente, la bella dormida para siempre había seguido el mismo proceso que yo: buscar en la red "medalla religiosa san Pedro".

Intenté que mi siguiente pregunta pareciera fruto de una curiosidad natural y espontánea.

—¿Y qué ponía en la parte ahora desprendida?

—No lo memoricé. De todos modos, entenderá que, aunque lo recordara, no podría compartirlo con usted.

—Sí, por supuesto —asentí.

Pagué el importe completo para la confección de la medalla y salí de la joyería después de indicar cuál debía ser el contenido de la parte separable: un código numérico que, en realidad, no correspondía a nada real. Me interesaba mantener el contacto con el orfebre, y esa era la razón por la cual había decidido que todo pareciera un encargo comercial ordinario. Le pedí, eso sí, que no contactara conmigo; sería yo quien acudiría a recogerla una vez transcurrido el plazo marcado para su creación.

Fue, entonces, cuando caí en que él había pronunciado las siguientes palabras durante su explicación: "imagen de un apóstol". Y me parecía muy extraño que, habiendo sido tan preciso con el resto de detalles, no hubiera especificado que se trataba de san Pedro; como si, en realidad, no pudiera asegurar que lo fuera hasta que no viera el anverso de la medalla. Además, cuando tomaba las notas para atender mi petición, me había preguntado si era este el apóstol que deseaba como tipo o figura. Ambos hechos me indujeron a considerar la posibilidad de que, en realidad, no había fabricado una medalla, sino varias; con esas mismas características, pero con distinta figura en cada una de ellas.

¿Habría fabricado doce medallas, una por cada uno de los apóstoles?

Elucubraba sobre ello y me había ido aproximando a Da Vinci; como soy de natural goloso, me senté a saborear un segundo helado antes de pedir un taxi para regresar a Calella. Mientras desplazaba la cucharilla desde la copa de cristal a mi boca, marqué en el móvil el número grabado únicamente en mi memoria. Apenas sonó el timbre, alguien descolgó al otro lado.

—¿Sí? —Preguntó una voz fría.

Disponía de cinco segundos para responder antes de que mi interlocutor colgara, pero empleé tres de ellos en cerciorarme de que la clave que iba a facilitarle fuera la correcta. Si erraba, perdería ese utilísimo recurso hasta que pudiera volver a llamar desde otro número; cualquier nueva llamada realizada desde este sería rechazada.

Pronuncié los dígitos. Luego, esperé hasta que la voz hablara.

—¿Qué puedo hacer por ti?

—Una búsqueda en la Internet profunda.

—Si necesitas que realice esa acción y si me llamas desde otro número, es porque le ha ocurrido algo a tu teléfono. ¿Lo has perdido?

—Es largo de explicar. Mañana por la noche, podré volver a utilizarlo, pero tengo prisa por obtener cierta información.

—Bien. ¿Qué debo buscar?

—Ahora mismo, no tengo una definición exacta de la búsqueda, pero podrías comenzar por los siguientes términos: "medalla", "apóstol", "san Pedro". Quizás, añadiría: "aleación", "oro", "soldado".

—¿"Soldado"?

—Correcto: "soldado".

—Entendido.

—Obviamente, no me interesan los resultados ordinarios.

—Obviamente —repitió la voz, que ahora sonaba distinta, supongo que enojada por mi último comentario, que podía haber sido interpretado como un insulto a su inteligencia.

—Volveré a llamarte a lo largo del día de hoy para saber qué has encontrado.

—Hasta pronto —dijo. Y colgó.

Pagué el helado, llamé solicitando un taxi y esperé sentado hasta que llegó.

El trayecto duró cuarenta minutos. Le pedí que saliera de la autopista en Sant Pol de Mar porque me gusta avistar Calella desde ese lado de la nacional, con el faro a la izquierda y Roca Grossa a la derecha. Al llegar al aparcamiento de esa playa, pedí al conductor que se detuviera; quería contemplar desde allí la línea del horizonte porque sabía que, probablemente, después de la noche del domingo, no lo haría en mucho tiempo. O, tal vez, nunca más en mi vida.

Aún no era la hora de comer y no tenía prisa. Despedí al conductor y me quedé allí, con los brazos apoyados en la barandilla, contemplando la línea lejana dibujada por el cielo y el mar y la arena acariciada por las olas solo unos metros más abajo.

Me moví a la derecha para aproximarme a la roca arbolada que hospeda a los cormoranes y, como ellos, inspeccioné la cala nudista, pertinazmente colonizada por los bañistas textiles en los últimos tiempos. Se hallaba semidesértica a esa hora del día, por lo que no me fue difícil reconocer —aun desprovista de su uniforme— a una persona anormalmente presente en mi espacio vital en lo que llevábamos de jornada: Laia conversaba con un para mí desconocido personaje, del cual, debido a la distancia, no podía distinguir sus rasgos.

Saqué el móvil del bolsillo trasero de mi pantalón y disparé instantáneamente una fotografía para, después, ampliar la figura del sujeto sobre la pantalla. A primera vista, me pareció que era eslavo, aunque, al momento, dudé de si realmente yo era capaz de identificar los rasgos físicos que definen a ese grupo étnico. De lo que no me cupo ninguna duda es de que yo conocía esas facciones; sin embargo, el olfato detectivesco —¡qué paradoja!— característico de mi cerebro estaba demasiado ocupado en construir una teoría que explicara aquella enigmática conversación entre el extranjero y una persona que, perteneciendo a las fuerzas policiales, parecía, a juzgar por su lenguaje corporal, no desear ser ni vista ni reconocida en compañía de aquel.

De pronto, el diálogo entre ambos terminó sin que mediara signo alguno de despedida; el eslavo se dirigió al sendero escalonado en madera que sirve para acceder y salir de la cala. Ella, aún de espaldas al mar, se mantuvo estática hasta ver cómo desaparecía entre los pinos que ladean los primeros escalones, tras lo cual, ascendió por ellos para, sorpresivamente, torcer a la derecha y aproximarse a la vía del tren que transcurre visible entre túnel y túnel, y, luego, caminar junto a los raíles hasta perderse fuera de mi campo de visión. Definitivamente, se trataba de una maniobra que pretendía asegurar la discreción del encuentro que acababa de mantener.

Instantáneamente, giré sobre mí mismo y recorrí con rapidez los pocos metros que me separaban de la carretera. Móvil en mano, alcé la vista como si estuviera interesado en fotografiar el pico del monte sobre el que se hallan instalados los *bungalows* de madera del camping, pero, en realidad, esperaba que la suerte se pusiera de mi parte y que el extranjero circulara por allí en dirección a Calella. Y eso fue lo que ocurrió; un vehículo poco o nada adecuado para pasar desapercibido, un McLaren, era el medio sobre el que se transportaba el eslavo.

¡Un McLaren! Me pregunté cuál era la filosofía de vida de una persona que reside en una tranquila y sobria ciudad costera y que se desplaza por ella en un automóvil de trescientos mil euros.

¿Residente en Calella? ¿Por qué estaba suponiendo tal cosa si ni tan siquiera podía confirmar que la matrícula fuera española? No había podido fijarme en ese detalle porque toda mi atención se había centrado en el rostro del conductor. Primero, para detectarlo; después, intrigado por la familiaridad de sus rasgos. Cada vez estaba más seguro de que yo conocía a aquel sujeto.

II

Retomé mi paseo, con la carretera a la izquierda y la panorámica de la costa a la derecha, y, así, llegué hasta las escaleras que descienden junto a la caleta nudista más urbana, cuyas rocas sirven para el *sesioneo* de los adolescentes en busca de la inmortalidad instagrámica.

Pisé la pista de madera que lleva hasta el inicio del paseo Manuel Puigvert, que tantas veces había gozado recorriendo o corriendo a lo largo de él, custodiado por las palmeras del primer tramo y por los magníficos —y, por algunos, denostados— plataneros que lo sombrean cuando el calor más aprieta. Apenas unos pocos paseantes interrumpían mi pausada exploración visual del entorno, tal vez porque se iba acercando la hora de la comida. No faltaban, eso sí, cruzándose en mi camino, los miembros del Triatlón, una sección del club local de natación de cuya intensa actividad pudiera desprenderse que se hallan en perpetua competición; y puede que, de algún modo, así sea.

Yo seguía pensando que todo aquello era como una despedida y no podía evitar una cierta desazón, como una nostalgia que se anticipara al hecho mismo de mi ausencia.

La observación de algunas barcas varadas sobre la arena no hizo sino incrementar esa espontánea melancolía y, al mismo tiempo, llevarme a coincidir con aquel transeúnte que, conversando conmigo en una ocasión, afirmara —quizás, con razón— que no existía un paseo como aquel en ninguna otra ciudad del mundo.

Crucé al otro lado de la vía y continué recto hasta la kilométrica calle Església, la columna vertebral de la actividad comercial y en la que conviven antiguos establecimientos, tiendas de las grandes insignias de la moda de masas y nuevos comercios de inmigrantes imbuidos de un ancestral espíritu mercantil.

Aunque tenía hambre, debía tomar, primero, una cerveza donde Sire y Juanjo. Aceleré el paso y llegué al Piscolabis. Tras la barra, vi a aquel adecuar el volumen de la música de Fito, que sonaba en bucle, una característica singular del local. Me senté en la terraza y miré alrededor, pero no vi rastro de la persona que buscaba. Mi inspección fue interrumpida por la camarera, Valentina, una muchacha de mirada limpia y franca.

—¿Voll-Damm y tapa? —preguntó, aunque conocía la respuesta porque siempre bebo la misma cerveza y porque sabe que aprecio ese detalle de la tapa que distingue al local, una seña de identidad de Juanjo y Sire, originarios de León.

—Sí, por favor.

Llegó la cerveza y la serví como a mí me gusta: situando la botella invertida en vertical sobre el fondo de la copa y ascendiéndola lentamente a medida que esta va colmándose con el líquido. Normalmente, esta acción se acompaña de las miradas comprensivas y condescendientes de los presentes, que, imagino, piensan que lo mío no tiene arreglo.

—¿Por qué no pones un platillo para que los turistas te echen monedas? —preguntó una voz desde la mesa a mi derecha, y supe que había llegado quien, incluso, me sorprendía, siendo sábado antes de la hora de la comida, que no se encontrara allí; es un cliente habitual y, a veces, parece formar parte del propio paisaje.

Miré su figura delgada, con la pierna izquierda cruzada sobre la otra; los auriculares en los oídos y la Voll-Damm en la mano y acercándola a los labios, porque bebe directamente de la botella.

Iba a dirigirme a él, pero me interrumpió.

—Sé lo que vas a preguntarme.

—¿Y cómo sabes que iba a formularte una pregunta? Tal vez, solo quería saludarte.

—Cuando venía hacia aquí, te he visto sentado, pero mirando a izquierda y derecha nerviosamente.

—No sabía que también estuvieras especializado en psicología —bromeé.

Se mantuvo en silencio mientras sonreía.

—Por favor —tuve que rogarle.

Y levantándose velozmente de su mesa, se sentó en la mía.

—El cuerpo llegó a eso de las diez de la mañana. O sea, que ya hace algunas horas, pero el equipo forense aún no ha sido capaz de estimar el IPM.

Hice uso del lenguaje corporal —lo miré y me encogí de hombros— para hacerle saber que no había entendido lo que pretendía decirme.

—El intervalo post mórtem; el espacio de tiempo abarcado desde el fallecimiento hasta el momento en el que fue hallado por tu amiga Laia.

No manifesté ningún gesto de sorpresa ante esa referencia a la agente y a la situación que describía. "¿Me había equivocado al no hacerlo?", pensé en un primer momento. Después, no me lo pareció; al fin y al cabo, mi relación con Laia podía considerarse suficientemente íntima como para que ella me hubiera llamado para explicarme el hallazgo de la bella dormida.

—Pero no porque el equipo adolezca de experiencia o porque no se hayan explorado distintos métodos para ello. ¿Cierto? —inquirí.

—Contenido gástrico, excitabilidad y rigidez muscular, enfriamiento cadavérico…

—No es necesario que enumeres todas la metodologías —interrumpí—. ¿Y entonces?

—Entonces, hay que esperar al análisis de los restos de una sustancia hallada junto a una perforación no natural localizada en su cuello y, también, al resultado de la prueba analítica. Cabe suponer que esa sustancia se halla en su cuerpo y que es la causante del falseamiento de los signos de muerte.

—¿Lo que dices es que ha sido drogada o envenenada mediante punción?

—Probablemente.

—¿Y qué significa "falseamiento de los signos de muerte"?

Elevó la botella de cerveza hasta sus labios para beber. Después, respondió.

—No parece muerta; parece dormida.

Me costó varios segundos reponerme del estupor provocado por esa información que Carlos acababa de trasladarme. No solicité ampliación de la misma, sin embargo. Pedí la cuenta a Sire, pagué nuestras consumiciones y me levanté de la silla casi dando un salto; quería llegar a La Llopa antes de que Mar cerrara la librería.

—Lo que es un crimen es que bebas esta cerveza sin verterla en una copa —exclamé.

—Sí. Ya me lo has dicho… cien veces, calculo yo; una por cada día que llevas viviendo aquí —gruñó.

Era cierto; yo me había instalado en Calella a principios de año, así que, efectivamente, llevaba aquí unos tres meses. Y también lo era que yo me lamentaba, cada vez que lo veía en el Piscolabis, de que él bebiera la cerveza directamente de la botella.

Había caminado unos pocos metros cuando me giré:

—¿Por qué has pensado que yo estaba interesado en este tema? —pregunté receloso.

—Aunque este suceso no sea de tu género, eres periodista, ¿no?

"¡Claro! Soy periodista", pensé, y, también, que olvidaba demasiado a menudo a qué aparentaba dedicarme.

Aligeré el paso y no me detuve hasta llegar ante las vitrinas de La Llopa, armoniosamente ocupadas por las portadas de las últimas novedades literarias. Tras ellas, vi a Mar variando estratégicamente el diseño del escaparate, así que entré y esperé a que terminara con esa tarea antes de hacer uso de su conocimiento experto. Acepté su recomendación de compra, pagué el libro y salí con él bajo el brazo.

Dos horas después, el sopor tras la comida me obligaba a tomar un segundo café. Era esa franja del día en la que Església no parece ella misma, semidesértica tras horas de frenética actividad. Sentado en la terraza y bebiendo el contenido de mi taza a lentos sorbos, recordaba cómo, entre Carlos y yo, había ido fraguándose esa… no diré amistad, pero sí simpatía mutua mediante comentarios intercambiados de mesa a mesa.

El doctor era una persona de costumbres —en eso, desde luego, nos parecíamos—. De lunes a domingo, no faltaba a su cita vespertina y le gustaba ocupar siempre la misma posición de la esquina, distanciada de la hilera uniforme instalada en la fachada principal del Piscolabis. Desde ella, y siempre con los auriculares en sus oídos y acompañado de una cerveza que bebía directamente de la botella, esperaba la caída de la tarde y, frecuentemente, la llegada de personas de su círculo con los que conversaba animosamente. Era mientras esperaba su compañía cuando nuestros coloquios tenían lugar —como he dicho, cada uno desde su mesa— y cuando supe de su actividad profesional y él de la mía; de la públicamente atribuida a mi persona.

Si Carlos afirmaba que la bella dormida parecía hallarse precisamente así, yo podía dar eso por un hecho cierto. Mi perplejidad se manifestaba ante la incapacidad del equipo forense para señalar la droga o el veneno como causa fehaciente de esos inusuales signos de fallecimiento. De acuerdo: aún no disponían de la prueba analítica, pero… ¿es que tampoco habían identificado la sustancia localizada junto a la perforación en el cuello?

El ejemplar que había adquirido en La Llopa reposaba sobre mis rodillas y lo iba ojeando mientras continuaba con mis reflexiones. De repente, algo en él llamó mi atención. Tomé un último sorbo de café y me concentré en la lectura de aquellas dos páginas que mantenía abiertas. Las leí con detenimiento; después, cerré el libro.

Tenía que ocuparme de una tarea pendiente, así que extraje el móvil del bolsillo trasero y marqué el número memorizado en mi cabeza.

—¿Sí? —respondió la misma voz fría.

De nuevo, repasé mentalmente los cinco dígitos y, enseguida, los pronuncié.

—Muy interesante y exitoso, el resultado de mi exploración —exclamó inusitadamente enfático. Desde luego, tenía que serlo para que él se expresara así.

—¿Qué has encontrado?

—Tus términos de búsqueda eran correctos, presumo. Pero diría que no suficientemente delimitados, porque los resultados —las respuestas— son extensísimas e imprecisas en exceso.

—¿Y qué corrección has introducido para mejorarlos?

—Los he geolocalizado.

—¿Geolocalizado?

—Sí. Los he contextualizado geográficamente basándome en tu ubicación.

Iba a preguntarle cómo conocía mi localización, pero, claro está, la respuesta era obvia; monitorizaba mi posición desde la primera llamada en Da Vinci. Me vino a la memoria gustativa el delicado sabor de sus helados artesanales, elaborados, según había husmeado en las redes, por un tal Félix Garzón.

Se produjo un silencio.

—¿Y bien? —pregunté.

—Necesito verificar algunos detalles contractuales.

Cuando la voz pronunciaba esas palabras, significaba que podía encontrarse en un conflicto de intereses. O lo que es lo mismo: la información que podía proporcionarme era susceptible de afectar a otro de sus clientes.

—Necesito otra actuación.

Guardó silencio, así que continué:

—Averigua cuántos McLaren pagan impuestos en Calella y la dirección de sus propietarios.

—Esa es una tarea fácil. No obstante, no puedo comprometerme a realizarla hasta que complete la verificación de los detalles contractuales.

—Espero tu llamada —respondí antes de colgar sin despedirme.

A pesar de su mensaje deliberadamente aséptico, una conclusión podía extraerse de sus palabras: los términos que yo le había facilitado para realizar la búsqueda de información en la Internet profunda no andaban errados. Él no solo había expresado su júbilo por el resultado obtenido, sino que había confirmado expresamente que eran correctos. Y también había afirmado que estos tenían relación con la ciudad en la que yo me encontraba.

"Medalla", "apóstol", "san Pedro", "aleación", "oro", "soldado". ¿Todos ellos? ¿O debía descartar algunos? En cualquier caso, estaba claro, a la luz de sus palabras, que la aparición de un cadáver desnudo y yacente en la orilla del mar no era producto de una circunstancia casual, sino que formaba parte de un asunto de distinta y mayor magnitud que me obligaba a intervenir en él por dos razones: la primera, que, ante la irresolución del problema, Laia terminara por implicarme como sospechoso en las investigaciones que llevaba a cabo el cuerpo policial al que pertenecía; la segunda, porque la presencia de miembros de este y de otros actores de los estamentos judiciales y políticos en el lugar del hallazgo no iba a finalizar —el área estaba acordonada— hasta que se aclararan los hechos. Y la consecuencia de todo ello era el claro perjuicio y el irrecuperable tiempo perdido para mis estructurados planes.

Una idea preocupante pasó súbitamente por mi cabeza: ¿Y si, tras la "verificación de los detalles contractuales", la voz al otro lado, en lugar de tomar una posición neutra, se decantaba por su otro cliente? Sabía que me estaba dejando llevar por el nerviosismo porque, en realidad, estaba claro que ese tipo de situaciones estaban presentes en su actividad diaria, y si quería fortalecer nuestra confianza —la de sus clientes— en él, su única opción era precisamente esa: mantenerse neutral, limitando o incluso denegando a cada una de las partes la información que le era requerida.

—¿Y quién podía ser, en este caso, la otra parte? ¿Una organización aposentada en Calella? Me resultaba escasamente creíble. ¿Un solo individuo, un lobo solitario como yo mismo? "Imposible", casi pronuncié en alto. "O sí, pero, entonces, es un anacoreta". Y es que me jacto de identificar a las *raras avis* que pululan por los lugares de vacaciones disfrutando de fortunas ganadas digamos… al margen de la legalidad; en mi opinión, comparten —o compartimos— una serie de rasgos estándar.

Este último pensamiento me llevó, de nuevo, al conductor del McLaren; al hombre que había visto reunido con Laia. Abrí en el móvil la fotografía que había tomado y la extendí hasta visualizar un primer plano de él. Estaba completamente seguro de haber visto ese rostro antes. La pregunta era dónde se había producido el encuentro. Lo que sí podía confirmar era que mi instinto de conservación no dejaba de hacerme llegar una señal de peligro, y eso, si lo analizaba con frialdad y en toda su profundidad, me llevaba a una única conclusión: era extremadamente inquietante que Laia apareciera formando parte de ese escenario que activaba todas mis alertas.

La tentación era, desde luego, solicitar información sobre ella, pero sabía que ni siquiera el hombre al otro lado del teléfono se atrevería a traspasar esa línea; demasiado arriesgado fisgonear en el perfil de un miembro de la policía. Y, por lo que a mi respectaba, ¿a quién podría acudir para obtenerla, si no conocía a ninguna de las personas que formaban parte de su círculo? La esfera y el historial de nuestra relación se habían delimitado a nuestro primer contacto en La Quadra y a lo que había venido aconteciendo después en un lecho entre cuatro paredes; cualquier propuesta por mi parte de participar conjuntamente en actividades que tuvieran lugar a la luz pública —salvo las puestas de sol en el NUI— había sido descartada por la agente.

Lo cual no dejaba de resultar extraño y paradójico; yo era y soy a quien objetivamente no le interesa que determinadas circunstancias y relaciones despierten la curiosidad de las personas de mi entorno físico. Pero, en su caso, ¿qué razón amparaba ese comportamiento? ¿A quién o a qué organismo le importaría que una agente de policía se relacionara con un periodista *free lance* especializado en reportajes sobre localidades turísticas de cualquier lugar del mundo?

Se me pasó por la cabeza llamarla. Al fin y al cabo, el sol se pondría en unas pocas horas y, tal vez, estaba libre y podríamos vernos. Pero, claro, esa hubiera sido una acción que rompería esa regla implícita, teniendo en cuenta que, probablemente, al menos dos agentes se hallarían a pocos metros de distancia de la terraza *chill* del NUI custodiando el cerco que delimitaba el lugar en el que había aparecido el cadáver de la bella dormida.

Decidí hacerlo yo solo, así que recorrí Església hasta llegar a Balmes y, luego, torcí a la derecha. Cuando llegué al final de la calle, crucé al otro lado de la vía a través del túnel subterráneo; enseguida, vislumbré las palmeras y, tras ellas, el horizonte marino. Ráfagas de viento excepcionalmente cálidas para la época del año movían las hojas de los árboles. Yo caminaba hacia ellos en un gesto tantas veces repetido y que, sin embargo, ahora, me parecía nuevo porque estaba acompañado de esa añoranza que se anticipaba al hecho mismo de mi futura ausencia.

Mientras me movía pisando la pasarela de madera que conduce a la terraza, atisbaba el cerco policial; ninguno de los compañeros habituales de Laia se hallaba allí. Ocupé una mesa en la arena y pedí una cerveza. Los clientes charlaban animadamente y no parecían sorprendidos ni preocupados por la presencia cercana de las fuerzas de seguridad. Sonó Supertramp, signo inequívoco de que Bala ya me había reconocido; lo saludé elevando mi copa y pronuncié un mudo "hola". Me tranquilizó que su lenguaje corporal no hiciera referencia alguna al escenario —aséptico, en realidad— frente a nosotros. Para mí, fue la prueba de que no se había percatado de nuestra presencia en la playa esa madrugada.

Dirigí la vista un poco más allá de la línea que dibujaban las olas al romper en la playa. El velero se hallaba en ese punto, meciéndose suavemente y sin compañía de otras embarcaciones; el mar estaba demasiado tranquilo como para despertar el interés de los navegantes a vela.

Entonces, lo vi. Avanzaba sobre la arena en dirección al agua y con su mirada fija en una neumática que se acercaba bordeando la costa en sentido norte-sur. Lo hacía a una cierta distancia de mí; quizás, doscientos metros, a medio camino entre el 777 y el Santi's.

De pronto, la embarcación aceleró para salir parcialmente del agua. Uno de sus dos tripulantes descendió para mantenerla sujeta hasta que el eslavo —el mismo eslavo que descubriera esa mañana conversando con Laia— montara en ella y, después, la empujó mar adentro.

Cambiaron de sentido para regresar por la misma ruta por la que habían aparecido, pero tuve tiempo de disparar la cámara del móvil en un instante en el que se me mostraron sus tres rostros. Luego, permanecí oteando el horizonte en esa dirección mientras trataba de adivinar a dónde se dirigían, ya que, poco después de haber iniciado su marcha, se habían desviado costa afuera.

La barca era cada vez un punto más pequeño que pareciera estar a punto de perderse en la línea de intersección entre el mar y el cielo, pero yo seguí esforzadamente su trayectoria hasta que, de pronto, vislumbré la silueta de lo que, indudablemente, era un carguero.

Y en ese mismo momento en el que pude identificar la nave distante, aparecieron destellos de luz de cuya cadencia se deducía que correspondían a un código o lenguaje formalizado de signos. Traté de memorizar la secuencia, del mismo modo que había hecho la noche anterior cuando, antes de acceder a la masía en el Montnegre, espiaba, desde un punto de observación elevado entre pinos y encinas, los movimientos que se producían en su interior y en el perímetro de la propiedad y había sorprendido la emisión de ese tipo de señales que se estaba realizando desde su torreón.

Cuando consideré que la secuencia ya había quedado grabada en mi memoria, realicé un barrido de trescientos sesenta grados sobre todo aquello que abarcaba mi visión con el objetivo de tomar puntos de referencia que me permitieran ubicar de un modo más preciso la posición del carguero. A excepción de la pareja policial —impertérrita y vigilante de su cerco, pero completamente ajena a lo que había ocurrido a sus espaldas—, todo elemento era susceptible de ser tenido en cuenta para ello.

Pagué la cuenta y abandoné el NUI después de decir adiós a Bala. Tenía que recuperar mi bicicleta, que esperaba que aún estuviera aparcada en el club náutico, como así fue. Saludé a los habituales del lugar y, con la máxima naturalidad posible, salí por la puerta principal después de subirme a ella.

Debía darme prisa para hacerme con el equipo que necesitaba. Conocía algunas tiendas y talleres especializados en la zona, y en ellos pasé lo que quedaba de tarde adquiriendo los útiles precisos para mi misión.

Tal vez, estaba tomando excesivas precauciones descartando desplazarme en taxi, pero deseaba que no se estableciera ningún tipo de relación entre mis movimientos y lo que pudiera acontecer esa próxima noche en el caso de que se derivara algún tipo de consecuencia imprevista tras mi acción.

Cuando hube completado mis adquisiciones, pedaleé hasta mi alojamiento y dejé en él todas ellas dentro de la misma bolsa-mochila de gran tamaño que había utilizado para transportarlas.

Me apetecía comer algo; el Piscolabis estaba a un paso, así que me acerqué allí. La música de Fito sonaba en su interior y la mesa habitual de Carlos estaba libre, lo que significaba que él ya había abandonado el local.

—¿Lomo, queso y pimiento verde? —preguntó Valentina.

Sonreí.

—Sí, por favor.

Al poco, la camarera apareció con la Voll-Damm, que serví del modo habitual: volcándola en la copa mientras sujetaba la botella boca abajo. Esperé a que los clientes y los transeúntes dejaran de mirar mi particular liturgia antes de saborear un trago. Luego, comprobé que ni Valentina ni Sire estuvieran cerca y abrí la galería de mi móvil para inspeccionar la fotografía que había tomado del eslavo y de los tripulantes de la lancha.

A esa hora, el sol incidía desde el lado sur de la costa y ellos se encontraban, respecto a mi posición, en el lado norte, así que la luz del astro definía claramente sus rostros. Volví a revolver en mi memoria a la búsqueda de un dato, de un elemento que interconectara al primero con mis recuerdos o con mis experiencias en cualesquiera de mis personalidades —la conocida o la anónima—, pero sin resultado satisfactorio.

Acerqué la imagen para ampliarla en torno a los segundos y no supe si debía sorprenderme o no; si su flota mercante se encuentra entre las primeras del mundo —tal vez solo superada por pabellones a los que se acogen armadores de nacionalidades diversas—, ¿qué había de extraño en que China fuera —a juzgar por sus rasgos étnicos— su país de procedencia? Sin embargo, mi instinto disparó una nueva ráfaga electrizante que pude sentir recorriendo mi cuerpo. Eso reforzó la resolución que había tomado horas antes en el NUI.

—Lomo, queso y pimiento verde —anunció Valentina mientras depositaba el bocadillo en la mesa.

Mastiqué despacio la comida mientras seguía reflexionando en torno a los acontecimientos no ya de las últimas veinticuatro horas, sino a los que se habían venido desarrollando desde mi llegada a Calella. Lo que se suponía que debía ser un período de descanso se había convertido en una delicada etapa que amenazaba con precipitarme sobre el filo de una navaja que, como cuerda de funámbulo, me exigiera un forzado equilibrio entre la prudencia y el arrojo necesario para llevar a buen puerto mi empresa.

¿Y cuál sería el resumen de esa fase? A ratos, había escrito algunos artículos convenientemente entregados en publicaciones dispersas por media Europa —se trataba de mantener una sólida imagen de personaje dedicado íntegramente al periodismo cultural— que se publicaban sin reparos y que me proporcionaban ingresos suficientes como para difuminar el origen de aquellos que realmente me permitían afrontar mis dispendios. Pero, la mayor parte del tiempo, había disfrutado del paisaje marino, de la comida sencilla y del ocio nocturno en La Quadra.

Fue en ese templo para noctámbulos donde, como ya he mencionado anteriormente, había conocido a Laia. Ese encuentro y los posteriores supusieron una disrupción que remodeló mi plácida rutina y que convirtió mi cotidianidad en una excitante experiencia al estilo de la *dolce vita*, pero también —y era ahora cuando estaba tomando conciencia de ello— la razón por la que mi estancia en la localidad marítima, esa fase de pausa que yo había previsto para mí en los primeros meses del año, se había convertido en un nuevo proyecto.

Y entonces… ignoro la razón; quizás, fuera el instinto, la necesidad de verificar los componentes de mi escenario vital para confirmar la inexistencia de peligros. Lo cierto es que, impulsivamente, llevé mi mano al móvil y, otra vez, abrí la galería de imágenes; amplié la sección de la foto del eslavo y los tripulantes chinos y volví a buscar en mi memoria el rastro de un recuerdo, pero, una vez más, no tuve éxito. Ya iba a cerrar la aplicación cuando, de pronto, me fijé en los elementos que la cámara del móvil había retratado en el ángulo izquierdo: aparecía la terraza del Santi's y, al borde de esta, en la arena, una mesa también perteneciente al mismo bar y un cliente sentado en una de las sillas. Seguí agrandando la misma sección y constaté que era una mujer. No prestaba atención a su entorno; parecía, por el contrario, que espiara los movimientos de los ocupantes en la lancha. Aún pude afinar un poco más la ampliación sobre el sector y, entonces, la vi; era Laia.

III

Era medianoche pasada cuando me apeaba de la bicicleta con la bolsa-mochila cargada a mis espaldas. Miré a derecha e izquierda y confirmé que la playa estuviera desierta en el tramo de Poble Nou, entre Calella y Pineda. Había optado por esa ubicación para mantenerme alejado de la pareja de policías que custodiaban el lugar en el que había aparecido la bella dormida. Que se mantuvieran allí probaba que aún no se habían esclarecido los detalles primordiales de su muerte. Y de lo que no cabía ninguna duda, además, es de que, desde el primer momento, la fuerzas de seguridad tenían la certeza de que no se trataba de un fallecimiento por ahogamiento accidental.

Ahora, focalizaba mi mirada en el horizonte, a la búsqueda de un punto luminoso que certificara la presencia del carguero. Sabía que no se había movido desde que yo abandonara el NUI y regresara más tarde de mis compras por la playa de Els Pins porque me había parado varias veces para rastrearlo con mis gemelos, y si mi sentido de la orientación había estado acertado, el buque había permanecido estático durante todas aquellas horas.

No necesité mucho tiempo para detectarlo. Cuando lo hice, corroboré con las lentes que, al menos, su forma, su silueta, se correspondiera con la que recordaba haber visto por la tarde. Era imposible aseverarlo taxativamente a la luz de aquella luna creciente, pero precisaba calmar mi inquietud diciéndome a mí mismo que el objetivo al que planeaba dirigirme esa noche no era errado.

Encadené la bicicleta a una señal de tráfico, cogí dos piedras del suelo y caminé en línea recta hasta llegar muy cerca del agua. Allí, extraje de la bolsa todo su contenido: el neopreno, el propulsor y una batería de recambio, el móvil, una bolsa impermeable, las gafas, las ventosas y un cuchillo de combate que esperaba sinceramente no necesitar, porque no soy una persona precisamente diestra con las armas.

Me cambié, guardé mi ropa en la bolsa, hice un pequeño pozo en la arena y la sepulté en él. Encima, coloqué las dos piedras —una encima de la otra— para que me sirvieran como señales de localización del escondite a mi regreso.

El mar estaba tranquilo cuando me interné en sus aguas. Encendí el propulsor y dejé que mi cuerpo flotara. Había calculado que necesitaría cuarenta y cinco minutos para llegar hasta el carguero, así que, probablemente, ni tan solo tendría que hacer uso de la segunda batería que cargaba en mi espalda.

Enseguida, comencé a avanzar; lo hice sin perder de vista el punto luminoso y sin dejar de repasar los siguientes pasos una vez que alcanzara el buque.

Había transcurrido el tiempo previsto cuando llegué hasta este. Estimé que contaba con unos trescientos metros de eslora, lo que lo posicionaba entre los de mayor carga en el mundo. Orienté mi ruta hasta la popa y, cuando llegué a ella, desligué las ventosas de mi cinturón y las enganché en su superficie. Reorganicé el contenido de la bolsa impermeable para facilitar mi ascenso —tenía que llevarla conmigo y su peso incluía los ocho kilos del propulsor— e inicié la escalada.

Dadas las características habituales de los barcos de carga fraccionada, al llegar arriba, debía encontrarme centenares, miles de contenedores cuidadosamente almacenados para optimizar el espacio, y así fue.

Había tardado quince minutos, así que supuse que sería en torno a la una de la madrugada. Reinaba un silencio absoluto, excepto el rumor que —imaginé— llegaba de la sala de máquinas procedente de los motores específicamente destinados a la producción de energía eléctrica.

Los ortoedros metálicos dibujaban un perfil que se asemejaba al de una ciudad de rascacielos. Las cajas de mayor tamaño estaban situadas justo en el borde de popa; las de menor dimensión —la mitad que las otras—, a continuación y ocupando el todo el espacio hasta la torre en la que se ubicaba el puente de mando y los alojamientos de la tripulación, que, por el tamaño de la nave, calculé en un mínimo de veinte personas. Debía, por tanto, moverme con la máxima cautela y no bajar la guardia para evitar ser descubierto, aunque me tranquilizaba el hecho de que, siendo ya más de medianoche, la mayor parte del personal se encontraría descansando en sus camarotes.

Posé la bolsa en la superficie del contenedor sobre el que me hallaba. Cogí mi móvil, sujeté el cuchillo al cinturón y, sigilosamente, comencé a avanzar gateando. Salté al segundo nivel del área de almacenamiento y me mantuve quieto algunos segundos mientras inspeccionaba todos los espacios visibles de cubierta. En la torre, la iluminación interior del puente de mando permitía distinguir la presencia de seis individuos y, en las plantas inferiores, podían observarse algunos focos de luz provenientes de los alojamientos.

Luego, miré atrás. Desde mi posición, veía la identificación de los contenedores de mayor tamaño, que estaba tintada sobre estos en dos lenguas: chino e inglés. Y en todos ellos, aparecían los mismos nombres de cliente —el propietario del contenido— y de compañía logística.

Tomé una fotografía y continué con el recorrido por la nave saltando a cubierta y desplazándome hasta la zona de almacenamiento de proa para verificar si se repetían las características de la carga transportada; en efecto, se trataba del mismo cliente y del mismo propietario de contenedores.

El verdadero riesgo comenzaba ahora; debía acceder al puente de mando si deseaba llegar a alguna conclusión. No creía que pudiera encontrar vigilancia alguna si no lo había hecho ya, pero sí era posible que, accidentalmente, me topara con algún miembro de la tripulación en mi camino hasta allí. Aunque deseaba no tener que hacer uso de él, empuñé mi cuchillo con determinación y comencé a caminar. Abrí la puerta de acceso al puente, entré y la cerré de nuevo. El ruido cadencioso procedente de la sala de máquinas —situada algunas plantas bajo mis pies— tenía allí una presencia constante, lo que favorecería que mis movimientos pasaran inadvertidos.

Ascendí por las escaleras, tenuemente iluminadas, y me detuve en la planta que suponía era la que ocupaban las figuras humanas que había atisbado desde mi anterior posición en popa. Una única puerta permanecía semiabierta justo enfrente de mí. Me acerqué a ella, miré dentro y me quedé quieto y concentrado en tratar de identificar la lengua y las palabras que brotaban de los labios del eslavo. El mismo eslavo que había descubierto hablando con Laia; el mismo que había visto partir en la embarcación neumática acompañado de los tripulantes del buque en el que ahora me encontraba.

No era una, sino tres las lenguas que reconocí, porque los seis sujetos se dividían en dos grupos: la mitad eran rusos —me preguntaba si los dos nuevos incorporados habían llegado antes o si viajaban en el carguero— y la otra mitad, chinos. Los componentes de cada uno de ellos hablaban en su propio idioma para conversar internamente. Y, por suerte para mí, cada grupo usaba el inglés para comunicarse con el otro.

—El problema del suministro ya está resuelto. El lunes, el producto estará listo para ser cargado —explicaba el eslavo que yo conocía.

—¿Por qué no mañana? —inquirió, casi a gritos, un miembro del grupo chino.

—Porque los viales llegan el lunes a las 08:00. Dos horas después, estaremos listos para iniciar el envasado. Por lo tanto, el trasiego entre barcos podrá realizarse a las 14:00 —afirmó el eslavo.

Su interlocutor guardó silencio.

—Seguiremos el protocolo habitual —continuó—: en la madrugada del domingo al lunes, os facilitaremos las coordenadas.

Lo dijo señalando una carta náutica extendida sobre la mesa; era obvio que la acción que planificaban requería un escenario máximamente discreto: mar adentro y lejos de las rutas más frecuentemente utilizadas. Que en la conversación se hubieran mencionado los términos "vial" y "producto", corroboraba lo que ya conocía o había deducido anteriormente: se trataba de una transacción comercial de fabricados médicos. Que, además, se mencionara un protocolo habitual, reafirmaba otra de mis conclusiones: se trataba de una operación recurrente.

—Nuestro barco se aproximará a la localización media hora antes. Es el que ya conocéis; preparad la grúa teniendo en cuenta ese dato.

El sector oriental permanecía sin decir palabra, lo que parecía empezar a poner nervioso al eslavo.

—¿Alguna pregunta? —interrogó.

No hubo respuesta. Quien había hablado anteriormente en el grupo chino se giró para dirigirse a un armario metálico. Extrajo una llave de su bolsillo y abrió con ella la puerta de este; sacó una maleta de su interior y se la entregó al eslavo.

—Diez millones.

Su interlocutor tomó la maleta y avanzó directamente hacia el lugar donde yo me hallaba seguido de sus acompañantes. Me aparté de inmediato y me refugié en la esquina más lejana y con menor probabilidad de hallarse dentro de su campo de visión, salvo que giraran ciento ochenta grados sobre su propio cuerpo.

Salieron al pasillo y se encaminaron escaleras abajo. Me aseguré de que los que permanecían en el puente no hubieran iniciado también el abandono de la sala y, después, descendí pisando los escalones cautelosamente. Cuando salí al exterior, la cubierta estaba vacía. Miré a babor, orientado a tierra, y constaté que tres lanchas se alejaban; cada una de ellas, con un pasajero y dos tripulantes. Todo indicaba que se mantenía una extrema reserva en torno a aquella actividad. Eso y el pago en metálico era la prueba evidente de que las conclusiones que yo había extraído de los retales de conversaciones oídas de los labios de Laia eran correctas.

Abandoné el buque por el mismo lugar por el que había accedido a él, después de recuperar el propulsor. Mi trayecto en el agua duró cuarenta y cinco minutos antes de llegar a la playa, donde localicé con facilidad las piedras que servían de señal para ubicar la poza en la que había ocultado la bolsa con mi ropa.

Me cambié y decidí descansar unos minutos. Permanecí sentado en la arena, mirando el mar y el punto de luz lejano que indicaba que la nave no se había movido de su lugar.

Pensaba en la conversación de la que había sido espectador. Como he dicho, algunos elementos mencionados en ella no me resultaban desconocidos y, ahora, con la incorporación de los que sí lo eran, mi cerebro construía un escenario razonablemente certero de una realidad ajena, en cualquier caso, al público. Hubo un instante en el que la codicia pasó insinuante a mi lado, como aire que rozara mi piel, pero prevaleció el deseo firme de priorizar mi seguridad. Medité sobre el hecho de que, de haber sabido con antelación de la cercanía en el tiempo de esta operación respecto a mis acciones de la noche anterior, mi plan habría sido muy distinto. Estaba obviando, sin embargo, que, ciertamente, no habría tenido conocimiento de la misma si no hubiera sido por la aparición de la bella dormida y —simultáneamente— de Laia en la playa, y que, de no haber sido así, mi plan inicial se habría ya completado y todo lo que estaba sucediendo habría quedado totalmente al margen de mi existencia.

Recordé que tenía respuestas pendientes, así que llevé mi mano al bolsillo trasero de mi pantalón, tomé el móvil y marqué el número acostumbrado.

—¿Sí? —sonó la usual voz fría.

Respondí con los dígitos esperados y esperé en silencio.

—Hay una recompensa por *doce apóstoles* —la voz seguía sonando gélida, pero no fue eso lo que me estremeció; lo hizo el tono grave de la misma, y el impacto fue tan alto que, incluso, no sentí curiosidad por esclarecer, en aquel momento, qué o quiénes eran *los doce apóstoles*.

—¿Vivos o muertos, como en el Oeste? —bromeé, tratando de soslayar la seriedad extrema que su comportamiento me estaba transmitiendo.

—No recuerdo haber detectado una oferta de recompensa que contemple la primera opción desde que surfeo en la Internet profunda, y de eso hace ya más de dos décadas.

—¿Y quiénes son esos doce? ¿Un grupo terrorista? ¿Un equipo de fútbol?

Mis palabras fueron seguidas de un nuevo silencio, pero podía escuchar su respiración a través del teléfono; parecía enojado por mi nuevo intento de bromear sobre el asunto.

—La información es muy… dispersa —dijo finalmente—. Aún estoy intentando conectarla, pero sí puedo avanzarte algunos datos.

Para filtrar adecuadamente la información que se ofrecía a proporcionarme, yo necesitaba saber algo antes.

—Antes de que lo hagas, confírmame si has revisado los detalles contractuales.

Se produjo otra extensa pausa antes de su respuesta.

—No en su totalidad, pero he tomado la decisión de adoptar un punto de equilibrio.

Interpreté que, efectivamente, existía un conflicto de intereses; alguien o alguna organización estaba solicitándole la misma información que debía proporcionarme a mí. Y su propuesta, aunque no la estuviera formulando explícitamente, era no dejar de colaborar con ninguno de nosotros; satisfacer nuestras respectivas demandas, pero estableciendo el límite en aquel punto en el que su trabajo pudiera favorecer a unos para perjudicar a otros.

Me sentía como una cobaya cuya conducta estuviera siendo manipulada por un investigador del condicionamiento operante; y, como en un laboratorio, la obtención de recompensas no estaría garantizada, ya que, del mismo modo que aquel, la voz al otro lado del teléfono tendría la facultad de detener el experimento a su voluntad. ¿Qué podía hacer yo, excepto aceptar el juego? No tenía otra salida, y menos ahora que la obtención de la información precisa se había convertido en una competición.

Pero la cuestión verdaderamente sustancial era la siguiente: ¿quién era mi competidor y para qué necesitaba esa información? ¿O se trataba de la misma persona u organización que había ofrecido la recompensa?

—Sigamos con *los doce apóstoles* —sugerí a la vista de que no se me ocurría un modo de decantar sus recursos hacia mí en exclusiva.

—Doce apóstoles que surgen de la nada o, tal vez, del abismo. O, incluso, del limbo —enunció.

—Desearía que las especiales circunstancias de este momento de nuestra relación comercial no precisaran del desarrollo de habilidades propias de un oráculo o de un exégeta —le rogué.

—Aparecen súbitamente —explicó.

Y clarificó:

—En la Internet profunda, quiero decir. Mi algoritmo para la trazabilidad de determinadas cadenas de caracteres bucea desde los documentos del presente hasta los del pasado; es una inmersión retrospectiva, es decir, que mira desde delante hacia atrás. Y, en un elevado porcentaje de los casos, el volumen de información es decreciente en ese mismo sentido de la marcha: más abundante cuanto más cerca nos hallamos, en la búsqueda, del ahora, del hoy. Pero esa abundancia no es espontánea; si se construye una línea temporal, los datos acostumbran a corroborar la existencia de una curva creciente.

—Desactiva el modo ingeniero, por favor —exclamé con sorna.

—En Internet, la presencia inicial de un determinado elemento es prácticamente testimonial, pero si ese elemento va, digámoslo así, tomando fuerza, su presencia se multiplica exponencialmente en lo que todos llamamos "resultados de una búsqueda". Lo extraño es que, en una fecha determinada, aparezca repentinamente un gran volumen de referencias a un elemento del que, un día antes, no es posible ni tan solo trazar su existencia.

—Y fue la recompensa —colegí— la causante del alud de resultados en torno a *los doce apóstoles*.

—Así es —asintió—. Debo, sin embargo, sugerirte una precisión: *doce apóstoles* es correcto.

—No tengo la percepción de que estés ayudándome a expresarme de manera más precisa a como ya lo estaba haciendo —me quejé, pero no sirvió de mucho.

—Por ahora, no puedo añadir nada más, excepto que la fiesta no siempre termina en La Quadra.

Era irritante que esa voz anónima supiera tanto de mí. Sin embargo, no solo no podía evitarlo —salvo que tomara la decisión abrupta de prescindir de la telefonía móvil—, sino que yo tenía que admitir que, en el pasado, eso había jugado en favor del adecuado desarrollo de mis proyectos.

Ahora, se trataba de analizar qué había querido decir con ese último comentario para nada banal o desprovisto de propósito. Me estrujé el cerebro varios minutos sin éxito, por lo que, finalmente, decidí trasladarme físicamente al escenario mencionado por la voz con la esperanza de toparme en él con una señal que me permitiera construir una teoría razonable.

Pasé por mi alojamiento para ducharme y cambiarme de ropa y me dirigí allí. La Quadra vivía uno de esos momentos mágicos de la noche y no me resultó difícil sumergirme en su atmósfera; no llevaba ni diez minutos en el interior, pero ya charlaba con una morenaza que se había acercado a la barra, de donde no me había movido desde que había llegado. Sin embargo, mi atención voluntariamente dividida se ocupaba de explorar el local a la búsqueda de alguna pista; de cualquier elemento que me condujera a la solución del enigma planteado por la voz al otro lado una hora atrás.

Todas las franjas de edad comprendidas entre los veinte y los cincuenta años estaban representadas en la sala por personas de ambos sexos y diversas nacionalidades que se movían al ritmo frenético de la música. Me divertía siguiendo los juegos de miradas que se producían, pero sin perder el hilo de la conversación de mi acompañante, y me dejaba arrastrar por ella hasta la zona de baile, de la que regresábamos con cada tema pinchado que no conocíamos.

No estaba sola; formaba parte de un grupo mixto, algunos de cuyos componentes se acercaban a nosotros para cuchichearle al oído de tanto en tanto. Yo comenzaba a estar hastiado de mi inútil escrutinio; el tiempo seguía transcurriendo y estaba demasiado cansado —no había dormido la noche anterior porque había empalmado mi actividad nocturna con el inicio de las pesquisas— como para ni siquiera pensar en cualquier otra cosa que no fuera irme a la cama solo. Aun así, me parecía descortés despedirme bruscamente, por lo que decidí esperar a que fuera ella quien optara por decirme "hasta la vista". Sin embargo, eso parecía que no iba a ocurrir nunca, así que, media hora más tarde, hice ademán de levantarme para dirigirme a la salida. Entonces, ella me atrajo hacia sí con la intención —pensaba yo— de despedirme con un beso, pero no fue eso lo que hizo; acercó sus labios a mis oídos y susurró en un confuso español:

—La fiesta no siempre termina en La Quadra.

En otras circunstancias, habría interpretado sagazmente que esa noche no dormiría solo. Sin embargo, esas eran, exactamente, las palabras que había pronunciado la voz; indudablemente, me hallaba ante la señal que había estado esperando desde que había entrado allí.

Noté un exceso de transpiración en mi piel; estaba nervioso y claramente preocupado porque dudaba de la imparcialidad de mi colaborador telefónico. ¿Y si se trataba de una trampa que me conducía a un final inesperado y traumático? Pero la mirada de la mujer me parecía inocente; cándida, incluso.

—¿Y dónde termina?— arriesgué.

Extendió la palma de su mano invitándome a tomarla y lo hice. Salimos a la calle y se giró para, ahora sí, besarme. La seguí en su acción, pero, en el fondo, estaba desencantado porque creía que me había equivocado al pensar haber hallado una pista que no era tal.

Tras nosotros, aparecieron sus amigos. En total, formábamos un grupo de diez personas. Comenzamos a caminar en dirección a la nacional, que cruzamos casi corriendo para evitar ser atropellados por los numerosos vehículos que, impensablemente, circulaban a aquella hora próxima al amanecer del domingo.

Llegamos al aparcamiento del hospital y escuché los automatismos de dos automóviles abriendo sus puertas. Dudé si debía continuar participando en aquella propuesta sorpresa, pero, ciertamente, pudo más la curiosidad que la prudencia.

Me senté junto a ella en el asiento trasero de uno de los dos vehículos, ocupado, además, por un tercer componente que se abrazó a mí efusivamente, supongo que como resultado de los vapores etílicos. El coche se puso en marcha, pero, para ser franco, yo no prestaba mucha atención porque, a pesar de haber tomado únicamente dos Manhattan, me sentía como si flotara dentro del minúsculo habitáculo y, también, porque focalizaba despreocupadamente toda mi atención en la mujer morena, que no paraba de besarme con el ímpetu de una adolescente.

Creo que nos condujimos por la nacional en dirección al norte y que giramos, más tarde, a la izquierda para continuar nuestra ruta por una carretera que asciende al Montnegre, el parque natural de la comarca del Maresme. Se trataba, sin duda, de una calzada de curvas sinuosas de las que mi sistema vestibular me facilitaba información mientras yo continuaba enfrascado en profundizar en el conocimiento de mi inesperada pareja. La música sonaba inmisericordemente alta, a un volumen capacitado para incrementar el negocio de los fabricantes de audífonos a corto plazo. Eso y el ritmo simple y repetitivo que surgía de los altavoces me llevó a reconsiderar la edad que había supuesto a los miembros de la expedición.

—¿Cuántos años tienes? —pregunté con el mismo tono que podría haber empleado un portero de discoteca.

—*Come on*! —Exclamó airada.

Concedí que no se trataba de una adolescente ni tampoco de una víctima de la midorexia, pero mantuve una opinión crítica respecto a la idoneidad de sustentar un comportamiento más propio de los veinte años que de los que realmente debía tener.

Después de, tal vez, quince minutos de conducción vertiginosa, el vehículo ralentizó su marcha en la frondosidad de un bosque, aunque seguíamos sin abandonar la carretera. Entonces, el conductor miró a su alrededor para cerciorarse de que habíamos llegado a nuestro destino. Luego, movió el volante a la derecha y se detuvo definitivamente en el arcén.

Los pasajeros descendieron del automóvil con gritos jubilosos. La mujer morena tiró de mi mano e hicimos lo propio. Pude escuchar los mismos ritmos que nos habían acompañado en nuestro trayecto proviniendo, ahora, de una hondonada frente a nosotros.

Bajamos por ella hasta llegar al fondo. Al menos treinta personas danzaban sin parar siguiendo el compás de la música que surgía de dos pequeños altavoces posados en la tierra. El sonido no era atronador; únicamente, el suficiente para crear una atmósfera propicia para el desenfreno hedonista de los gozosos participantes de aquella velada.

"La fiesta no siempre termina en La Quadra porque continúa en la *rave*", pensé. Eso era lo que había sugerido la voz al otro lado del teléfono.

Tuve que realizar un esfuerzo para escrutar el espacio y a los participantes de aquella sesión que proseguiría, probablemente, hasta la salida del sol. Uno de ellos era constantemente interpelado por el resto para que les proporcionara un "complemento" que guardaba en sus bolsillos, en un frasco. Otro se encargaba de decidir los temas que sonarían —lo hacía desde su móvil—. Había una nevera de hielo con bebidas que parecía no estar controlada, así que supuse que todos contribuían previamente para llenarla. El resto, casi en su totalidad, simplemente, bailaba en el espacio llano más amplio, aunque algunos permanecían charlando sentados sobre el diminuto puente de piedra que salvaba un riachuelo de caudal inexistente.

Volvía a encontrarme en un punto sin continuidad. Era como si hubiera vuelto a perder la única pista que mis datos de partida y la colaboración de la voz me habían proporcionado.

Siempre con la mujer morena a mi lado, me acerqué a la nevera y cogí una cerveza; lamenté que no se tratara de mi favorita y que no pudiera servírmela en un vaso o en una copa, pero no dudé en beberla con fruición nada más llevarla a los labios.

Fue al bajar el brazo y la mano que sujetaba la botella cuando apareció en mi campo de visión. No podía decir que fuera tan hermosa como la bella dormida, pero sí que los rasgos y el cuerpo atlético parecían guardar un canon común, una especie de estándar o patrón que no dudé en identificar como el que se presupone a una modelo de pasarela.

Estaba sentada en el puente de piedra y charlaba con un individuo con el que tuve la certeza de que no compartía nada excepto la velada en sí misma. Escuchaba la conversación que el hombre le proporcionaba, pero, salvo alguna mirada ocasional a este, inspeccionaba la zona de baile y el entorno en su conjunto moviendo sus ojos sin detenerse —ni siquiera unos segundos— de izquierda a derecha y en sentido contrario.

Mientras abrazaba y besaba a la mujer morena, continué espiándola cautelosamente y en la certeza de que había reconocido a un elemento disonante del grupo. El tiempo seguía transcurriendo y, aparentemente, el resultado de su inspección visual seguía siendo negativo, así que llegó un momento en el que abandonó su tarea y se centró en el acompañante participando de su conversación. Yo percibí que había relajado su estado de alerta y no estaba equivocado; en uno de esos gestos inconscientes que todos ejecutamos, su mano libre se elevó hasta el cuello para tirar de la cadena que lo rodeaba y la situó por encima de su vestido. Los dedos se deslizaban sobre los diminutos eslabones que la formaban ocultando la pieza que colgaba de ella. De pronto, la soltó para mover el cabello de su frente y la pieza quedó al descubierto; era una medalla de oro. Una medalla diferente a todas, pero igual en su forma a la que había perdido la bella dormida o su asesino: redonda, pero —esta sí— con un añadido en su parte inferior unido —con toda seguridad— mediante pernos de una aleación de oro al segmento principal.

IV

En seguida, se percató de su falta de prudencia. Al momento, llevó la medalla al interior de su vestido e inició una nueva ronda de vigilancia visual. Antes de que pudiera desviar la mía, su mirada captó mis ojos fijos en los suyos. Instantáneamente, cambió su postura ante el acompañante. Ahora, respecto a mi posición, se encontraba tras él. Yo apenas si podía vislumbrar su rostro, mientras que ella —estaba seguro— me escrutaba por encima de su hombro.

El juego continuó al menos durante media hora, o eso creo. Solo sé que desvié un momento mi atención porque la mujer morena se dirigió a la pista para bailar y, cuando volví a mirar, ella ya no estaba y su acompañante miraba hacia el bosque como esperando su vuelta. Pero yo sabía que no iba a regresar.

Aproveché que mi pareja me daba la espalda mientras bailaba para salir del área caminando pendiente arriba, hasta la carretera. Mi única oportunidad era que mi pista no se desvaneciera al volante de un vehículo, así que necesitaba creer que había llegado hasta allí acompañada y que, por tanto, ahora solo podía alejarse de la *rave* a pie.

Llegué a la calzada agotado por el esfuerzo del ascenso. Era contraintuitivo que se hubiera dirigido hacia la montaña, pero, precisamente por esa razón, opté por perseguirla en ese mismo sentido. Trotaba algunos metros y me detenía de tanto en tanto para escuchar, pero, ahora, solo llegaba hasta mí el roce del viento meciendo los árboles del bosque y el sonido de mi aliento acelerado.

Razoné que, tal vez, se hubiera ocultado en la frondosa vegetación y que, por eso, aunque la velocidad de mi marcha fuera superior a la suya, no iba a encontrarla, de todos modos. No podía, sin embargo, darme por vencido; decidí correr sobre el asfalto sin permitirme ningún otro descanso, y así lo hice a lo largo del siguiente kilómetro. Y fue tras recorrer esa distancia cuando vislumbré una mancha del mismo color de su vestido moviéndose sobre la vía unas decenas de metros más adelante.

Aceleré mi ritmo e hice todo lo posible por inhalar y exhalar el aire de mis pulmones atenuando la sonoridad del acto; quería evitar ser descubierto, y jugaba a mi favor que ella no había contado con mi persecución. Por eso, avanzaba al trote, centrada en alejarse cuanto antes del escenario de celebración de la *rave* y, supuse, de mi persona.

No prestó atención a lo que ocurría detrás de ella hasta que ya me encontraba demasiado cerca como para que mis pasos y mi respiración no fueran inevitablemente perceptibles. Espantada, volvió la cabeza atrás e, inmediatamente, realizó un esfuerzo de aceleración que resultó inútil; fui capaz de agarrarme a su vestido y, desestabilizada, cayó al margen de tierra de la carretera. Emitió un gemido de dolor al rodar sobre el arcén y, luego, se incorporó parcialmente para permanecer sentada en el suelo. Aspiraba profundamente para tratar de recuperar el aliento.

—¿Quién coño eres tú y por qué me persigues? ¿Qué pretendes? —inquirió.

Pensé en preguntarle casi lo mismo: quién era ella y por qué había salido huyendo, pero se me ocurrió una solución más creativa.

—Soy un emisario de san Pedro.

Sus ojos me repasaron de arriba a abajo.

—Ya —su respuesta sonó sarcástica.

Permanecí en silencio unos segundos, dudando respecto a cuáles debían ser mis siguientes palabras o acciones.

—Estoy buscando a *los doce apóstoles* —pronuncié finalmente.

Ella comenzó a reír con intención sarcástica, pero la suya era una risa inquieta que denotaba un estado de nerviosismo creciente.

—Pues ponte a la cola —bromeó.

Reflexioné antes de continuar; no quería errar en los términos de mi propuesta.

—No sé quién eres tú. Qué apóstol concreto, quiero decir. Tal vez, Mateo; tal vez, Felipe; tal vez, Tomás. Pero, ¿qué importa eso ahora? Lo que sí es relevante es que esta es la prueba —le mostré la medalla que había extraído de mi bolsillo— de que soy el mensajero de san Pedro.

Vaciló entre seguir o no la conversación.

—En realidad, no sé de qué me estás hablando.

—¿No lo sabes? ¿Y esa medalla que cuelga de tu cuello?

—Es diferente a la que me muestras.

—Lo sé. Y también, que antes no lo era; cuando aún tenía el apéndice formando, conjuntamente con la pieza principal, un falso círculo.

Sus ojos denotaron sorpresa ante mi conocimiento de las características de la medalla.

—Ese en el que dice a quién debe entregarse si caes.

Bajó la vista y permaneció en silencio, como si meditara cuáles eran los siguientes pasos más oportunos para ella.

—¿Cómo te llamas? —preguntó.

—Eso es trivial, ahora mismo, pero puedes llamarme ángel; con alas. Comprenderás la conveniencia de salvaguardar nuestras respectivas personalidades en el anonimato, en la medida de lo posible…

—Sí —consintió—.

»Llámame san Pablo —añadió mientras me mostraba la medalla sujetándola con sus dedos por encima del vestido. Sonreía, pero había un rastro amargo en su gesto.

—Sé lo que piensas: por qué tienes que confiar en mí. Y más aún: exactamente, qué es lo que mi colaboración puede aportarte.

Introdujo un inteligente mutis; sabía que no debía sincerarse hasta que el conjunto de mis palabras no construyeran una prueba evidente de que podía y debía fiarse de mí. Yo, mientras tanto, me preguntaba exactamente lo mismo.

—*Los doce apóstoles* —enuncié—. Ese es el meollo de la cuestión. Por el momento, uno está muerto: san Pedro. Y te interpelo para que me aclares si vas a permanecer callada mientras la playa se llena con una docena de cadáveres. Empezando por el tuyo propio.

Oímos el ruido lejano de vehículos que debían hallarse en la carretera, pero al inicio del ascenso. Miró en aquella dirección, más como un gesto automático que como respuesta a un estímulo visual inexistente.

—Distanciémonos de la vía —sugirió mientras se levantaba del suelo y caminaba en dirección al bosque.

La seguí a unos pocos pasos. Miraba su cuerpo atlético, ligeramente musculado, y su altura.

—¿Eres modelo? ¿San Pedro también era modelo?

No se giró ni tampoco contestó. Se limitó a sentarse de nuevo en el suelo y a indicarme con su mano que hiciera lo mismo. Estábamos a corta distancia uno del otro y de espaldas a la carretera, ahora oculta tras los árboles y la pendiente.

—Antes de nada, voy a aclararte algo; no se trata de *los doce apóstoles*, sino de *las doce apóstoles*.

Asentí con la cabeza mientras me decía a mí mismo que debía haberlo deducido teniendo en cuenta mi conversación con la voz, cuando esta había dicho: "*doce apóstoles* es correcto" evitando anteponer el artículo "los". Todos los componentes de ese… grupo, club o lo que fuera que fuese pertenecían al sexo femenino.

—¿Por qué piensas que todas vamos a morir?

—Morir es casi un modo poético de expresar que van a ejecutaros.

Aprecié que su cuerpo se había tensionado.

—Se ofrece una recompensa en la Internet profunda.

—Internet profunda —repitió con sorna—. ¡Qué castizo! ¿No puedes decir *Deep Web* como todo el mundo?

—Llámame Nebrija en lugar de ángel, si lo prefieres —respondí continuando con la sorna.

—¿Y qué más sabes?

—Que en Calella se producen acontecimientos de carácter… confidencial, digamos. Y que es muy extraña la coincidencia de esos sucesos con la presencia de, al menos, un miembro —y la señalé con el índice— del grupo conocido como *las doce apóstoles* y con el singular fallecimiento de otra de sus integrantes.

—¿Por qué es extraño? ¿No dices que se ofrece una recompensa en la *Deep Web*?

—Precisamente, por esa razón. Que se haya abierto la veda para vuestra búsqueda y captura y que, en lugar de dispersaros, aparezcáis concretamente aquí, solo puede significar que existe un vínculo con esta ciudad. No considero extraordinario el hecho de que al menos una de vosotras haya caído; lo que me sorprende es la coincidencia geográfica de todo en su conjunto.

—¿Y no se te ha ocurrido pensar que, tal vez, ninguna de nosotras tenía conocimiento de que se ofrecía una recompensa por *las doce apóstoles?*

Callé sin dejar de observar cómo su estado nervioso crecía por momentos. Sus manos temblaban cuando se peinaba el cabello echándolo hacia atrás para que no dificultara su visión. Sabía que estaba decidiendo si debía explicarme lo que venía ocurriendo y, más aún, el origen de ello. Carraspeó como quien se dispone a hablar extensamente y, luego, dijo:

—Nos conocíamos de la universidad, no importa en cuál o en qué ciudad se halle. Cursábamos carreras diferentes, pero compartíamos una circunstancia común: el modo en el que obteníamos ingresos extras para vivir, ciertamente, por encima del nivel de cualquier estudiante de clase media dependiente económicamente de sus padres.

—¿Erais putas?

Su mirada se tornó agresiva por segundos, aunque volvió enseguida a la normalidad. Supuse que estaba acostumbrada a lidiar con ese tipo de comentarios y, por supuesto, con un determinado comportamiento de los clientes hacia ella.

—Acompañantes; parejas ocasionales de hombres o mujeres de negocios que, agradecidos, nos obsequiaban con dinero para comprarnos lo que nos apeteciera.

"Ya", pensé. Pero no lo verbalicé para que no se ofuscara y perdiera el hilo del relato.

—Al final, cuando estás en lo que podríamos llamar la élite, coincides siempre con las mismas personas en los mismos lugares. Cuando digo las mismas personas —aclaró—, me refiero esencialmente a las acompañantes.

»Y así fue cómo comenzamos a hablar entre nosotras en los breves espacios de tiempo libre que se dan en las salidas; en los aseos, en las barras mientras pedíamos las copas…

»Después, empezamos a quedar; nosotras, quiero decir. Cenábamos una vez al mes, como mínimo. Y, en esas cenas, fue cuando surgió la idea de establecernos por nuestra cuenta; de montar una agencia.

Hizo una pausa. Agachó la cabeza y sonrió.

—Es lo que tiene, la formación; que siempre te permite ir un paso más allá, sea el negocio o proyecto que sea.

—Eso dicen las estadísticas —corroboré.

—Así que nos independizamos. La verdad es que no ganábamos mucho más, pero nos parecía más divertido, más atractivo. Pero, claro está, nuestras agencias dejaron de ingresar su comisión y, además, ahora tenían que compartir un trozo del pastel con un nuevo competidor que se había posicionado, como ellas mismas, en la élite.

—Dudo mucho de la implicación de ese tipo de... empresas, digamos, en este asunto.

—Espera, espera —repitió mientras movía sus brazos pidiéndome calma con el gesto—. No tengas tanta prisa; acabo de comenzar mi relato.

Entrelazó los dedos de las manos, una clara señal de lenguaje corporal que denota ansiedad.

Seguíamos sentados en el suelo con las piernas cruzadas. Para favorecer una atmósfera de relajación perceptible para ella, procuré que mi espalda permaneciera recta mientras mis manos se posaban relajadamente sobre las rodillas.

—El negocio funcionaba, como te decía, razonablemente bien y sin sobresaltos; ni violencia ni intromisiones de la policía. En parte, por la no existencia de un local físico, dado que nuestra única actividad era "acompañar" a nuestros clientes allá donde ellos nos ordenaran. Pero, de pronto, todo cambió.

Hizo una pausa. Yo aproveché para observar el cielo y mi reloj.

—¿Tienes prisa? —preguntó enojada.

—No —respondí. Pero la verdad es que pensaba en todas las tareas que aún tenía que llevar a cabo y en que no había dormido la noche anterior, y estaba comenzando a impacientarme.

—Todo cambió —repitió— con una celeridad desconcertante para nosotras. Inspecciones fiscales a la sociedad limitada que utilizábamos como tapadera, clientes que dejaron de llamarnos...

Movió repetidamente la cabeza de un lado a otro.

—Pero lo que definitivamente nos inquietó fue constatar que un vehículo de la policía vigilaba nuestros movimientos; siempre el mismo.

»Acordamos paralizar toda actividad. Retiramos la publicidad de las webs de contactos y activamos un mensaje aséptico en el contestador de los teléfonos que utilizábamos específicamente para el negocio. Finalmente, decidimos no volver a vernos durante los siguientes tres meses e, incluso, evitar coincidir en espacios públicos. Al cabo de ese tiempo, nos encontraríamos en un restaurante que nunca habíamos utilizado para nuestras reuniones informales.

»Lo elegimos porque disponía de una sala privada, que yo misma reservé llamando desde el teléfono de un amigo —no me atrevía a hacerlo desde el mío personal—, un día cualquiera que lo había dejado abandonado encima de la mesa en la que nos encontrábamos estudiando en la biblioteca de la universidad.

—En ese momento, ¿no os pareció que estabais tomando precauciones un tanto desmesuradas?

—La conjunción de todo lo que estaba ocurriendo —en especial, el seguimiento policial— tuvo un fuerte impacto sobre nosotras. Estábamos aterrorizadas ante la posibilidad de que nuestra competencia —alguna de las organizaciones que acaparan ese suculento mercado— decidiera castigarnos con el máximo rigor. Y eso podía hacerlo exponiendo nuestra actividad ante la Justicia o, aún peor, por sus propios métodos.

»A medida que transcurría el tiempo, la presencia del automóvil de la policía se fue diluyendo; al menos, por lo que a mi seguimiento respecta. Llegó un momento en el que, incluso, el asunto comenzó a perder importancia para mí.

»Y, así, llegó el día en el que debíamos reunirnos en el restaurante. Cuando finalizaron las clases, fui a casa, me duché y me vestí para lo que yo había bautizado como "la última cena"; estaba dispuesta —y tenía la seguridad de que el resto pensaría lo mismo— a cerrar para siempre esa emocionante etapa de mi vida. Al fin y al cabo, apenas si quedaban unas pocas semanas para completar nuestra formación universitaria y, pronto, asumiríamos puestos laborales incompatibles, desde luego, con aquella actividad que se hallaba, además, en esa difusa frontera que la separa de la ilegalidad.

»Tomé un taxi y, media hora después, me hallaba en la puerta del local, iluminado —su interior— tan tenuemente que llegué a pensar que se encontraba cerrado. Pero, enseguida, apareció un camarero que me invitó a pasar a través de la sala principal para llegar a nuestro reservado.

»El resto del grupo había sido extremadamente puntual; yo era la última en llegar. Iba a sentarme en una de las dos únicas sillas que no estaban ocupadas, pero algo me hizo permanecer de pie, estáticamente posicionada delante de mis socias. Una de ellas dijo: "Sí, hay trece". "¿A quién esperamos", pregunté yo, pero nadie supo responderme.

»No tenía sentido salir en estampida del restaurante. Además, a esa altura de los acontecimientos, ¿nos dejarían desaparecer como si nada hubiera ocurrido? De todos modos, era improbable que alguien hubiera planificado aquello para acabar con nosotras, así que decidimos servirnos una copa de vino y esperar, aunque nos sintiéramos como conejos atrapados en una madriguera cuya salida estuviera acechada por un lobo. Pero no era un lobo, sino una zorra —pronunció con desprecio— la que tenía la llave del gallinero; y nosotras éramos sus presas.

»La zorra teatralizó su entrada en el reservado ordenando al servicio del restaurante que redujera la intensidad de la luz; supongo que para que no pudiéramos grabar sus rasgos en nuestra memoria. Aunque, ¿qué rasgos íbamos a identificar si vestía un pañuelo que le cubría la cabeza y se ocultaba tras una máscara?

—¿Una máscara? —pregunté.

—Sí. Una máscara veneciana que ocupaba la mayor parte de su rostro, a excepción de los labios. Si no fuera por ello, podría haber pasado por un hombre porque vestía ropa de aspecto masculino y empleaba un tono profundamente grave en sus intervenciones; era evidente que modulaba su voz para ello.

—¿Y por qué hablas de ropa de aspecto masculino?

—Se trataba de un traje. De un pantalón y una americana que lucía abotonada; pero los ojales se encontraban en el lado contrario. Ese detalle y la forma de sus labios permitían concluir que se trataba de una mujer. No estoy diciendo que pretendiera que creyéramos que no lo era, pero estaba claro que su voluntad era crear un estado de confusión al respecto.

»La zorra miró la disposición de las comensales en la mesa tipo imperial: tres personas en cada uno de los lados del equilátero, excepto en uno de ellos, en el que había colocadas cuatro sillas. Miró a quien de nosotras se encontraba justo enfrente de ese lado y le indicó la silla vacía a la que debía trasladarse. Luego, ocupó ese lugar principal central; quería dejar claro que era ella y no ninguna otra de nosotras quien tenía el dominio de la situación.

»Entonces, inició su discurso. Habló de la legislación vigente en materia de proxenetismo, crimen organizado y prostitución; parecía tener un amplio conocimiento del tema. Después, sin necesidad de recurrir a ningún documento escrito, nos fue señalando con el dedo mientras, al mismo tiempo, nos refería todos los detalles de nuestra vida privada y los relativos a nuestra ilegal actividad sin omitir, incluso, las cifras particulares de negocio que nos correspondía. Luego, extrajo un listado alfabético de nuestros clientes —habituales o no— y los fue nombrando uno a uno, sin importarle en absoluto su potencial pertenencia a determinados estratos sociales —o castas—, situación esta que hubiera atemorizado a cualquier otro acusador. Por último, como si de un juez se tratara, fue nombrándonos y emitiendo para cada una de nosotras el veredicto de culpabilidad y la más que probable pena que emitiría aquel. Cuando terminó, se produjo un profundo silencio que nadie se atrevía a romper.

»Tiempo más tarde, en conversaciones que mantuve con san Pedro, llegamos a la conclusión de que todas nosotras percibimos —en esa primera exposición— que aquel montaje no era, ni mucho menos, una operación regular policíaca-judicial. Sin embargo, fue la incerteza en este punto lo que nos llevó a mantenernos en el juego, por decirlo de algún modo. Y así, alguien preguntó: "¿Qué quieres de nosotras?"

»Esa era, ciertamente, la piedra angular de aquel conjunto de incógnitas que construía el muro que obstaculizaba nuestra escapada de aquel modo de vida. Y la mujer de la máscara no dudó en solventarlas. Nos habló de que, terminados nuestros estudios —hecho que acontecería, como he dicho antes, en unas pocas semanas—, disfrutaríamos de unas vacaciones pagadas en el Maresme, en la costa catalana al norte de Barcelona. Allí, participaríamos del ambiente estival de Calella, la localidad en la que nos alojaríamos, y nos relacionaríamos con los pobladores de la noche; nuestro objetivo era captar la atención de un grupo de estudiantes que llegarían de Novosibirsk, universidad estatal rusa que forma a la prole de las élites de aquel país en especialidades científicas innovadoras. Era el primero de una serie de pasos que se nos revelarían a medida que fuera necesario. Mientras tanto, esa información era toda la que se nos iba a proporcionar.

»Pensamos que no teníamos nada que perder y, por otro lado, tampoco teníamos otra opción. Las promesas eran, además, que nuestro nombre y nuestra ficha fiscal quedaría limpia —penalmente, no había nada materializado—, así como la obtención de una recompensa sustanciosa que nos permitiría afrontar nuestro futuro de manera holgada.

»Despreocupadas, a partir de ese momento, de las acciones de espionaje por las que nos habíamos sentido atemorizadas, nos reunimos repetidamente a lo largo de las semanas siguientes. Y, lógicamente, nos conjuramos para encontrar el talón de Aquiles de nuestra misteriosa interlocutora; un comodín que pudiéramos exhibir en caso de necesidad extrema.

»Finalizadas las clases y obtenido el título universitario, nuestros teléfonos sonaron una misma tarde; tomábamos café en una pastelería cercana a la facultad. No importó que, en la primera de las llamadas, explicitáramos que nos encontrábamos juntas; quien nos hablaba desde el otro lado del teléfono argumentó haber recibido la instrucción precisa de repetir el mismo mensaje a cada una de nosotras en una llamada personal. Aún recuerdo aquella voz fría…

—¿Una voz fría, casi metálica? —pregunté intrigado.

—¡Cierto! —exclamó.

Yo creí intuir quién se hallaba al otro lado del teléfono. No manifesté sorpresa ante mi narradora, no obstante; simplemente, dejé que continuara su relato.

—Así que, en unos pocos minutos, todas recibimos la llamada; a cada una de nosotras se le asignó un alojamiento en un lugar distinto al del resto y a todas se nos facilitó un localizador de vuelo.

»El día señalado, aterrizamos en Barcelona, donde nos esperaba un VTC que nos fue dejando en los diferentes hoteles de aquí, de Calella. En ellos, nos esperaba correspondencia: un sobre con dos mil euros para gastos y la instrucción de llevar a cabo una vida con el ritmo esperado de una persona que está disfrutando de sus vacaciones. Y eso es lo que hicimos todas: gozar al máximo de nuestra estancia y esperar el resto de instrucciones.

—¿Y cuándo llegaron esas instrucciones?

—A la séptima noche. Había terminado de cenar en NUI Beach, en la terraza chill out. Sola, porque no sé si lo he mencionado, pero debíamos aparentar que no nos conocíamos.

—Y tratándose de un destino tan icónico de la costa, ¿no os preocupaba ser reconocidas por alguno de vuestros clientes?

—¿Y por qué iba a preocuparnos? El plan no era nuestro. Además, ¿quién iba a pararse a saludarnos? ¿Un marido o un padre de familia? ¿Qué diría? "Yo te conozco; nos acostamos juntos después de aquella cena de negocios".

Sonreí sarcásticamente para mostrar mi acuerdo con su argumentación.

—Recuerdo que había pedido un gin-tonic y que estaba descalza, con los pies medio enterrados en la arena y mirando el reflejo de la luna en ese agua en calma. El DJ de la coleta acertaba una y otra vez con la música y los clientes hablaban en tono bajo; apenas si llegaba hasta mí el rumor de su conversación.

"Decididamente, esta chica se desarrollará profesionalmente en el sector artístico, si es que sale viva de este asunto", pensé yo.

—Entonces, sonó mi móvil —continuó explicando—; era la misma voz fría que había escuchado la semana anterior antes de volar aquí. Me preguntó si estaba sola; respondí que sí y me dispuse a recibir sus instrucciones. Eran sencillas: dijo que tenía que vestirme para salir esa noche, así que deduje que no estaba observándome en ese momento; ya estaba con ropa acorde para ello. También dispuso que me dirigiera a La Quadra y que lo hiciera a través de esa calle comercial kilométrica.

Se refería a Església, claro.

—Me pregunté por qué debía caminar concretamente por esa calle, y lo entendí más tarde.

»Crucé por el túnel bajo los raíles del tren, ascendí hasta llegar al tramo inicial de esa vía y la tomé girando a la izquierda en dirección a la iglesia. No era excesivamente tarde, porque algunos de los escaparates se encontraban iluminados y los establecimientos despachaban aún a los últimos clientes.

»Llegué a ese local que tiene una saxo en la barra y en el que acostumbra a sonar música de Fito, o, al menos, es lo que yo había podido observar en la semana que llevaba allí.

—Te refieres al Piscolabis —dije. No dejaba de hacerme gracia que todos nos fijáramos en lo mismo.

—Sí. Así es como creo que se llama.

»La cuestión es que había tres mesas ocupadas por un grupo de jóvenes. El ambiente de Calella es multinacional porque recibe —deduzco yo— turistas de todo el mundo, pero, aun así, no dejó de sorprenderme la semblanza de todos ellos.

—¿A qué te refieres?

—Eran… no sé cómo explicarlo. Extremadamente arios.

—¿Extremadamente arios? —pregunté para tratar de entenderlo.

—Sí, pero no en la acepción denostada de la palabra. Eran… ¡puros!

—¿Hablaban alemán?

—No, no hablaban alemán, sino ruso. Eran eslavos. Eran los estudiantes de Novosibirsk.

—¡Eslavos! —casi grité mientras notaba una corriente electrizante recorriendo mi columna vertebral.

—Sí, eslavos —repitió mientras observaba extrañada mi reacción—. ¿Por qué te sorprende tanto el hecho de que fueran eslavos?

No respondí a su pregunta, pero la respuesta es que mi cerebro había comenzado a elaborar una hipótesis conectando datos que, de pronto, ya no eran náufragos víctimas de las tormentas que azotaban mi consciencia.

—Continúa tu relato, por favor —le rogué, intuyendo que nuestro tiempo estaba agotándose.

—Y en ese momento —siguió narrando—, mi teléfono sonó de nuevo y volví a escuchar la voz metálica al otro lado. Me ordenó caminar muy lentamente y preguntar a la camarera, en voz alta, cómo se llegaba hasta La Quadra.

—Porque precisaba que tu pregunta fuera escuchada por el grupo de eslavos; por los estudiantes.

—No lo deduje entonces, pero así era. El resto de nosotras ya lo había hecho, de modo que la joven que atiende las mesas tuvo que contener la risa. "Esto es un *déjà vu*", oí que decía para sí. Luego, alzó su brazo y señaló en dirección a la iglesia. Le di las gracias y seguí mi camino, para el que, obviamente, no hubiera necesitado guía.

—Pero cumpliste, y también el resto de vosotras, con el objetivo ordenado: plantar en el cerebro del rebaño la ubicación del redil.

—Absolutamente; cuando llegué a mi destino, el grupo de eslavos ya ocupaba la barra del local y se entretenía mirando a las apóstoles, dispersas por la pista entablando conversación con el resto de asistentes.

—¿Y no les pareció rara la presencia, precisamente de doce chicas con aspecto de modelos? Porque presumo que el resto se parece a ti y a la bella dormida.

—Es tremendamente desagradable que te refieras a san Pedro, la fallecida, como la bella dormida.

»Pero respondiendo a tu pregunta: ¿Por qué debía parecerles rara nuestra presencia? Esta es una ciudad eminentemente turística en la estación estival, lo que significa que en ella se alojan personas de múltiples características y áreas de actividad: empleados, hombres y mujeres de negocios, estudiantes, deportistas…

—Total, que cayeron en el bote —resumí.

—Para venir de una persona de tu edad, es un modo un tanto viejuno de expresarlo, pero sí; se introdujeron ellos solos en nuestra red.

—Y acabasteis allí —señalé en dirección al lugar en el que se seguiría celebrando la *rave* en esos momentos.

—Poco antes de cerrar, apareció por el local un individuo que, disimuladamente, fue entregando tarjetas a quien a él le pareció conveniente —respondió confirmando mi suposición.

—Y vosotras fuisteis su prioridad.

—Su comportamiento fue muy natural y a nadie se lo pareció. Y eso que entregar una tarjeta no debe ser la práctica habitual.

Cierto. No debía serlo porque, de hecho, la mujer morena y el grupo con el que yo había llegado hasta aquí conocían el emplazamiento y la celebración de la fiesta.

—¿Qué ponía en la tarjeta y por qué sabíais que ese personaje formaba parte del plan?

—La mitad de la cartulina estaba ocupada por un código QR. En la otra mitad, constaba escrito: "Donde termina la fiesta".

—No veo la relación entre esa frase y vuestra presunción de que debíais asistir a la *rave* —argüí, aunque yo era consciente de haber escuchado ese lema en otra variante.

—Cuando la voz metálica me ordenó acudir a La Quadra, pronunció, como última frase, lo siguiente: "pero la fiesta no siempre termina en La Quadra". Esa es la relación.

Asentí con la cabeza mientras miraba aquel cuerpo mimado con horas de gimnasio.

Me pregunté si debía arrancarle ya la medalla para conseguir la información que constaba en la porción desprendible o si, por el contrario, debía esperar a conocer el resto del relato. Intuía que tenía que priorizar lo primero, como si un sexto sentido me estuviera alertando de la urgencia de esa acción, pero, aun así, decidí esperar a escuchar el final de su narración porque era razonable pensar que, si le arrebataba la joya, su predisposición a compartirlo conmigo desaparecería, y porque lo escuchado hasta ahora no parecía razón suficiente como para desencadenar una venganza jurada en la Internet profunda mediante una recompensa, así que esa razón debía hallarse en la parte aún no relatada.

Fue, entonces, cuando se escuchó un primer disparo al que siguió la instantánea desaparición de una porción de la hermosa cabeza de la apóstol; el resto siguió unido al cuerpo por el cuello, sangrando a borbotones, empapando la piel del fragmento persistente de su rostro y goteando en descenso sobre la superficie de su vestido. El tronco se sumió en un movimiento convulsivo, un calambre que anunciaba el estertor de la muerte.

V

Aún pudo mover su mano hacia el pecho para repetir aquel gesto que la había delatado ante mí poco antes, mientras participábamos en la *rave*. "¡La medalla!", pensé, y me impulsé hacia adelante para cogerla, pero se escuchó un segundo disparo y noté el silbido del proyectil rozando mi oreja izquierda.

Cuerpo a tierra, repté al instante monte abajo con la velocidad que mi estado físico —demasiado tiempo sin dormir— me permitía, tratando, al mismo tiempo, de minorar el ruido producido al arrastrarme sobre los matorrales y las piedras. Escuchaba voces de quienes habían intentado perseguirme, pero cada vez eran más lejanas. Eso me tranquilizó y, después de unos pocos cientos de metros, me atreví a erguirme y procedí a examinar el resultado de mi movimiento reptiliano. Aun en la penumbra, constaté que mis ropas se habían tintado de marrones y verdes procedentes de la tierra y de la vegetación con la que se habían frotado.

No perdí más tiempo; troté siguiendo la misma dirección hasta que alcancé la ciudad y, luego, más pausadamente para no despertar la curiosidad de los escasos transeúntes que a esas horas de la madrugada pululaban por las calles, me dirigí a mi apartamento para asearme y cambiarme de ropa.

Abrí la ducha y me introduje en ella. Sentí cómo el agua caliente relajaba mi cuerpo. No quería salir y allí me quedé, sentado en el suelo, abrazando mis piernas flexionadas mientras aquella lluvia artificial golpeaba delicadamente mi cabeza y mi espalda.

Me desperté con el sonido del teléfono. No sabía cuánto tiempo había transcurrido. Cerré el agua y salí disparado para descolgar la llamada. No pregunté quién era; lo hizo él.

—¿Sí?

Respondí pronunciando los dígitos esperados por la voz al otro lado.

—¿Qué tal la fiesta? —interrogó.

Estuve tentado de insinuarle que, probablemente, él ya sabía cómo había transcurrido, pero mantuve la serenidad —acertadamente, supongo— y bromeé:

—He toreado en mejores plazas.

—Te llamo para facilitarte el resto de la información —dijo cambiando de conversación.

—¿Ya has averiguado cuántas personas conducen un McLaren en Calella?

—Una sola es la afortunada.

—Dame la dirección, por favor.

Memoricé la calle. No podía ubicarla con precisión, pero sabía que se encontraba por encima del Parc Dalmau, en el área de viviendas unifamiliares que se extiende entre la carretera nacional y la autopista de la costa.

—¿Tienes alguna otra información para mí? —le pregunté.

—No. Eso es todo.

Y colgó la llamada sin palabra alguna de adiós.

Me sentí satisfecho porque comenzaba a disponer de datos suficientes para continuar con la construcción de una teoría que me permitía seguir avanzando. Sabía que tenía que realizar una visita a la residencia del propietario del automóvil de lujo y eso excitaba mi consciencia, pero, antes, una tarea prioritaria reclamaba mi atención.

Vestido con ropa adecuada —deportiva y de colores oscuros— tomé la bicicleta y me dirigí, a través de las calles del casco urbano, hacia al sur; crucé la nacional y continué ascendiendo por la carretera de Hortsavinyà, repitiendo un trayecto que ya conocía. Traspasada la autopista —que transcurre a un nivel superior del trazado—, la ruta se bifurca: a la izquierda, continúa la carretera; a la derecha, se halla la vía que debía conducirme a mi destino ochocientos metros más allá.

Detuve la bicicleta a corta distancia de la puerta de acceso a la propiedad; mi exitosa experiencia anterior me hacía comportar con menor cautela. La escondí entre los árboles y me desplacé a la izquierda para rodear el edificio, una masía de tardía construcción; tal vez, de principios del siglo pasado.

Parapetado tras la vegetación, inspeccioné el entorno y confirmé que la vigilancia se limitaba a la presencia de guardas de seguridad; quizás, quince o veinte individuos que paseaban por el interior de la edificación y a los que yo podía ver a través de los coloridos ventanales modernistas que embellecían las paredes. Dos noches atrás, yo no podía entender la ausencia de las cámaras de seguridad; ahora, tras mi aventura nocturna en el buque de carga, sabía que la respuesta y la confirmación de mi teoría se encontraba a unos pocos metros tras los muros, en algún lugar que había olvidado explorar el viernes en mi primer incursión. Pero aún tenía que traspasarlos, y la luz diurna jugaba en mi contra.

Busqué con la mirada el punto exacto en el que había aguijoneado las juntas de las piedras y enumeré los clavos de acero de aquella improvisada vía ferrata que debía utilizar de nuevo. Desplacé la vista hacia los ventanales y esperé a que los cuerpos que circulaban por el interior coincidieran en posición de espaldas a mí. Ese momento fugaz llegó; corrí hacia la masía y trepé vertiginosamente sujetándome a los clavos con pies y manos hasta alcanzar el techado de tejas ondulantes. Despacio, caminé sobre ellas para llegar al torreón que, en otro tiempo, fuera el campanario de una estancia consagrada como ermita, ahora dividido verticalmente en despachos. Empujé la ventana y salté dentro.

Moviéndome con seguridad por ese espacio ya conocido, me dirigí a la caja fuerte e introduje la combinación. Abrí la puerta y me agaché; sabía que lo que estaba buscando se encontraba en la última repisa. Cogí la carpeta y me senté en la única mesa existente para examinar su contenido. Sí. Allí estaba todo; y todo encajaba con mi teoría.

Posé mis manos sobre la documentación y me eché hacia atrás para dejarme caer sobre el respaldo de la silla. Respiré profundamente mientras decidía cuál de las opciones y oportunidades que se abrían ante mí debía considerar, sin olvidar los riesgos inherentes a cada una de ellas. Antes, claro, debía resolver el enigma del asesinato de la bella dormida.

Fue entonces cuando mis ojos se fijaron en el retrato posado sobre la mesa. Correspondía a una persona joven, vestida muy formalmente y luciendo un birrete de estudiante en su cabeza. Parecía extremadamente ario y era eslavo, y su parecido con el hombre que había visto hablando con Laia, conduciendo un McLaren y en el buque de carga chino no dejaba lugar a dudas: era su hijo.

Levanté mi vista para inspeccionar el despacho. Acorde con la torre que lo alojaba, presentaba una forma cuadrada. ¿En su totalidad? No. A mi espalda, se ubicaba una pequeña biblioteca fabricada en madera; dos muebles verticales con estantes repletos de libros apoyados a un tabique que rompía ese ángulo recto. Intuitivamente, me acerqué a ellos, los sujeté por las paredes verticales centrales que los unían y empujé. Se escuchó un clic y ambos se movieron hacia adelante, como si giraran sobre ejes que se encontraran en las paredes externas de ambos.

Vi una puerta corredera de ascensor que se abría ante mí. No fui tan atrevido como para introducirme en él porque… ¿a dónde conduciría? ¿A un lugar también sin vigilancia o, por el contrario, a una sala repleta de personal de seguridad?

Había un pasamanos en el panel frontal del elevador. Activé la cámara de vídeo de mi móvil y lo posé en él. Desde fuera, pulsé el botón de descenso y esperé a que la puerta se cerrara antes de apretar el de llamada. Luego, corrí hacia la ventana y salté fuera para esperar allí el resultado de mi plan.

Transcurrió apenas medio minuto antes de que el ascensor apareciera de nuevo ante mí. Entré, otra vez, en el despacho, cogí el teléfono, volví la biblioteca a su posición original y salí al tejado, que gateé hasta llegar al lugar de descenso. Ya en tierra, me desplacé velozmente hacia el lugar en el que me esperaba la bicicleta y pedaleé agitadamente en dirección a la ciudad.

Me detuve al llegar al Parc Dalmau y me aparté de la carretera para poder visualizar la toma de vídeo. En realidad, no me sorprendió lo que evidenciaba, pero sí la dimensión de aquel espacio subterráneo que aparecía en el plano de apenas cinco segundos, el tiempo que había terciado entre la apertura y cierre de puertas del ascensor.

Guardé el teléfono, palpé mi espalda a la altura de la cintura y puse en marcha la bicicleta para merodear por las calles de aquella área. Enseguida, localicé la dirección que me había proporcionado la voz. Seguí circulando y no paré hasta llegar a la siguiente esquina. Desde allí, caminé hasta el callejón trasero que permitía acceder a los jardines. Puse toda mi atención en orientarme para no errar en la vivienda. Cuando estuve seguro de hallarme en la propiedad correcta, salté a su interior y corrí por el césped sin dejar de vigilar el entorno para confirmar que no era observado.

Llegué a una puerta metálica en la construcción. Giré el pomo y se abrió; el McLaren ocupaba una buena parte del espacio dedicado al aparcamiento.

Se escuchaban pasos que provenían de la primera planta. Avancé hasta la escalera y comencé a ascender por ella pisando suavemente sus baldosas. Llegué al salón y vi al eslavo sentado en el sofá de espaldas a mí. Tenía en una mano una copa de vino, mientras que la otra ejecutaba movimientos repetidos sobre una mesa de cristal en la que se posaba el polvo blanco que, segundos después, pasó a su organismo a través de las fosas nasales.

Inspeccioné mi alrededor más inmediato. A mi derecha, una cerámica ampurdanesa, una bandeja redonda con un grabado carnavalesco, se insinuaba solícita. La levanté del estante con mis manos y me acerqué al individuo. Practiqué un movimiento de revés tenístico con ella y terminé aplastándola contra su nuca. Tuve que esforzarme para arrastrar el cuerpo inerte hasta una silla, donde pude atarlo firmemente con bridas que encontré en un estante del garaje.

VI

Habría transcurrido una hora cuando despertó. Levantó su cabeza y abrió los ojos al mismo tiempo, pero no pudo ver nada que no fuera su propio salón; yo me encontraba a su espalda, cercano y vigilante para que no se girara. Cuando lo intentó, mi mano derecha se disparó hacia su mejilla y se escuchó un sonoro chasquido.

—¿Quién coño eres tú?

Me resultó gracioso volver a escuchar otra vez esa pregunta formulada casi exactamente como lo hiciera san Pablo. Eso sí, esta vez, la fonética no era nativa.

—Tengo una mala noticia para ti —respondí.

En la casa, reinaba un silencio absoluto, únicamente interrumpido por algunos ruidos procedentes del exterior.

—Mis hombres están a punto de llegar.

—Lo dudo —pronuncié con tono firme—. Tus actividades tienen lugar al margen de la ley, pero no lideras una banda de asesinos que puedan guardarte las espaldas. Has visto demasiadas películas; tal vez hayas olvidado el funcionamiento del mundo real.

No pronuncié ninguna otra palabra; esperé a que hablara él. Miré hacia el exterior a través de los ventanales que ocupaban toda la fachada de aquella primera planta. Ante mis ojos, se ofrecía una panorámica de una considerable porción de Calella y, más a lo lejos, el mar y el cielo precisando la línea del horizonte.

—¿Cuál es la mala noticia? —dijo por fin.

Seguí en silencio.

—Excelente pausa dramática. Espera, que aplaudo —ironizó.

Me mantuve callado. Muy despacio, fui aproximando los labios a su oreja.

—No puedo prometerme que vayas a salir vivo de esta —susurré—. En compensación, sin embargo, también tengo una buena noticia.

Me erguí antes de proseguir. Y tuve que hacer un esfuerzo; aunque la velada amenaza era únicamente un farol, no podía dejar de sentir asco de mí mismo. Pero así estaban las cosas.

—Tus dos hijos, tal vez sí —enuncié enfáticamente.

Su cabeza giró frenéticamente a izquierda y derecha en un intento por situarme en su campo de visión, pero yo me encontraba demasiado pegado a su espalda como para que sus maniobras fueran efectivas. Esperé a que se tranquilizara; entonces, mi mano derecha volvió a golpear su mejilla.

—¿Y qué te hace suponer que tengo dos hijos?

—Las facturas del colegio de Alek y de la universidad de Gavrel que guardas en la caja fuerte de tu despacho en la masía.

Ahora, su cuerpo casi convulsionaba en un intento inútil por deshacerse de las bridas.

—¿Cómo sabes tú todo eso?

—Mira: si seguimos así, no vamos a entendernos, y mi paciencia tiene un límite.

Luego, traté de provocarlo.

»Por cierto: ¿guardas un cierto favoritismo hacia Gavrel? ¿Es porque es el mayor o porque ha estudiado con éxito en Novosibirsk? Lo digo por el retrato sobre tu mesa.

Respiró con gravedad antes de responder.

—Gavrel está muerto. La fotografía es para no olvidarme de su venganza.

Durante un instante, no supe cómo continuar.

—Y esa es la razón por la que ofreciste la recompensa por *las doce apóstoles*.

Bajó la cabeza; estaba confuso.

—¿De qué depende que dejes en paz a Alek?

—Quiero escuchar tu relato. Si me resulta cautivador, me olvidaré de él —sentí náuseas por proferir semejante amenaza, que, obviamente, no pasaba por mi cabeza cumplir ni en el peor de los escenarios.

Reflexionó unos instantes. Enseguida, sin embargo, comenzó a hablar.

—Cuando finalizó el semestre universitario, Gavrel y sus amigos aceptaron mi invitación para pasar aquí el primero de sus dos meses de vacaciones. Los alojé en uno de los hoteles de primera línea de mar —el que consideré que contaba con mayor nivel de confort— y me hice cargo de sus facturas, incluidas las de manutención.

Todos ellos estudiaban en Novosibirsk y mantenían lazos muy estrechos porque también jugaban juntos a fútbol; eran componentes de un mismo equipo amateur de la ciudad, lo que significa que eran un grupo numeroso: doce personas incluyendo a mi hijo.

Ninguno había estado antes en Calella y les pareció —así me lo explicaban— una acertada decisión la que habían tomado. Convirtieron la Playa Grande en el lugar en el que podías encontrarlos desde que se levantaban hasta prácticamente la puesta de sol. Después, deambulaban por los bares de Església hasta que abrían los locales nocturnos; y así, hasta el amanecer.

—¿Qué es Església? —lo pregunté para que no diera por hecho que estaba familiarizado con la población.

—Església es la calle comercial principal. ¿Es que no conoces Calella?

—Continúa —respondí.

—Esa rutina —siguió explicando— se desarrolló durante una semana, más o menos. Después, cambió. Lo hizo tras una noche que terminó lejos de los locales habituales.

No necesitaba más detalles. Sabía dónde porque yo había estado allí pocas horas antes.

—¿Por qué estás seguro de ese hecho?

—Porque me lo explicaron sus amigos cuando se desencadenó la tragedia.

»Habían seguido a aquellas chicas, ahora conocidas como *las doce apóstoles*, hasta… no recuerdo cómo se llama; me refiero a ese local que parece ser el epicentro festivo de aquí…

Intentaba, otra vez, establecer mi pertenencia.

—¡La Quadra! Eso es —se respondió a sí mismo—. ¿Sabes de qué hablo?

—No, pero no importa. ¿Qué significa que las siguieron?

—Las habían visto aquella tarde en la calle y supieron a dónde se dirigían; ellos creían que de un modo casual, pero, obviamente, no había sido así. Peces mordiendo el anzuelo, simplemente.

»Una vez allí, fueron invitados a continuar la fiesta en una reunión a cielo abierto fuera del recinto urbano, en dirección al macizo, junto al puente de piedra que es, en realidad, una arcada del acueducto romano de Can Cua.

El eslavo dejaba constancia, con sus palabras, de que no se trataba de un delincuente vulgar. Era él quien me estaba explicando a mí, de modo preciso, qué era aquella construcción pétrea que yo había confundido con un puente.

—Terminaron en las habitaciones del hotel; pasaron de la música al sexo… y ahí se acaban los recuerdos.

—¿Drogas?

—Sí, pero no lúdicas, si podemos llamarlas así.

—No deberíamos llamarlas así, pero continúa.

—Les suministraron sustancias para dominar su voluntad; para obtener información a través de ellas.

—¿Qué clase de información?

—Hasta hoy mismo y tu presencia aquí, había creído que únicamente la necesaria para saquear sus cuentas corrientes, que es lo que hicieron aquella misma tarde.

Así que aquel había sido el encargo de la mujer de la máscara veneciana a *las doce apóstoles*.

—¿Te lo contó tu hijo en persona o lo descubriste de otro modo?

—Sus amigos. Se despertaron con sensaciones corporales desconocidas que no podían achacar al alcohol. Y juraron no haber consumido droga alguna; al menos, aquella noche, por lo que no había ningún otro elemento que pudiera ser el causante de aquel estado en el que todos coincidieron hallarse.

»Se reunieron para tomar un café en la terraza del hotel —sin ellas, porque habían desaparecido antes de que despertaran—. Cuando uno de ellos quiso pagar con tarjeta, no funcionaba. Probó otro y ocurrió lo mismo. Después de un tercer intento, no necesitaron más indicios para deducir que habían sido víctimas de un engaño; comprobaron sus cuentas y el dinero había desaparecido.

—¿Transferido?

—Demasiado arriesgado. Si puedes recurrir a los contactos adecuados, es factible deshacer la operación, siempre que esta se haya realizado en las horas previas del mismo día. Es más fácil vender la tarjeta. Pero supongo que estás familiarizado con prácticas de ese estilo y que no necesitas formación al respecto…

—No lo estoy. Explícamelo —le pedí.

—Ofertas los datos de la tarjeta a mil o a diez mil compradores, qué más da. Y estos la utilizan en multitud de comercios online de todo el mundo que aún no tienen implementadas las medidas de seguridad mínimas.

»El proceso es más complejo de lo que parece, claro, porque después la mercancía tiene que llegar a una dirección que no sea la suya, pero no importa; siempre hay gente dispuesta a participar de esos flujos, por muy complicados que puedan parecer a los que no están habituados a ellos.

—¿Y eso fue lo que ocurrió?

—Así me lo explicaron los amigos de mi hijo.

—¿Y Gavrel?

No podía ver su cara, pero sí oír sus sollozos.

—Mi hijo no despertó.

Permanecí en silencio cinco minutos, al menos, por respeto a su dolor. En mi cabeza, continué conectando la información; la que estaba digiriendo y la que se encontraba previamente almacenada en mi memoria.

—Habían llamado a su habitación porque, como he dicho antes, querían bajar juntos a tomar un café. Como no respondía, no quisieron molestarlo y se fueron sin él. Pero cuando se dieron cuenta de que habían sido esquilmados, insistieron golpeando en su puerta. Al final, preocupados, consiguieron que la camarera de habitaciones les abriera. Lo encontraron inmóvil, tendido en la cama boca arriba. Tenía los ojos abiertos e inyectados en sangre.

Paró y yo permanecí mudo porque sabía que necesitaba un descanso.

—Me llamaron por teléfono antes de avisar a la policía y les dije que siguieran sin hacerlo hasta que yo llegara. Entré, tembloroso, en la habitación y lo examiné. Luego, avisé yo mismo a los cuerpos de seguridad.

Me costaba articular palabra alguna, pero hice un esfuerzo y mi pregunta sonó casi como un lamento.

—Del resultado de ese examen, ¿extrajiste alguna conclusión?

—Percibo que entiendes mi dolor.

—Respóndeme —ordené, esquivando sus intentos de buscar mi empatía.

—La conclusión es que mi hijo fue el único del que su acompañante no pudo obtener la información que necesitaba para limpiar su cuenta con el método empleado en sus amigos, que no era otra cosa que un cóctel de drogas ingerido disuelto en la bebida. Por ello, su cuerpo había sido pinchado.

—¿Tiopentato?

—Escopolamina.

Una de las más peligrosas drogas de la verdad.

—La escopolamina no requiere ser inyectada. ¿Por qué hacerlo?

—Porque supongo que ese fue el formato del que pudo disponer su homicida involuntaria.

»Podría no haber ocurrido nada grave, pero el azar siempre interviene cuando menos te lo esperas. En el caso de mi hijo, el cóctel de drogas como primer plato y la escopolamina como segundo derivó en un final fatal.

Me parecía extraño no haber escuchado ninguna conversación en la calle ni tampoco haber leído nada al respecto en mis tres meses allí. Por eso, formulé una nueva pregunta.

—¿Se convirtió en un suceso relevante? Públicamente, quiero decir.

—Como puedes imaginar, mi actividad precisa de la máxima reserva.

"Nadie lo diría", me dije pensando en el McLaren. Y es que todos tenemos nuestras debilidades y estas siempre terminan por convertirse en nuestro flanco al descubierto y delatarnos.

—Una tragedia de esa magnitud hubiera afectado a mi credibilidad como discreto gestor de "negocios". Además, la policía tampoco estaba interesada en contribuir a la generación de una atmósfera nociva dando publicidad al asunto en una localidad que vive una importante parte del año de los ingresos del turismo.

»Por nuestra parte, ocultamos el vaciado de las cuentas corrientes, por lo que todo quedó en lo que, en rigor, era; un fallecimiento como consecuencia del consumo de drogas.

—Pero la venganza es dulce al paladar…

—Sí. Aunque amargue la garganta —dijo parafraseando un refrán antiguo; el eslavo era un hombre empapado de cultura.

»Me dejé asesorar—continuó—. Pagué y alguien se encargó de ofrecer la recompensa.

—Por *las doce apóstoles*.

—Me importaban una mierda *las doce apóstoles*. En realidad, lo único que yo quería era la cabeza de la que había acabado con la vida de mi hijo. Y, ahora, ya está muerta.

—Pero la venganza cava dos tumbas.

—¡Déjate ya de putos refranes! —gritó enfurecido—. ¿Qué cojones es lo que quieres? ¿Qué buscabas en mi despacho?

—Nada en concreto. Simplemente, seguí las señales.

—¿Señales?

—Sí, señales. Las que intercambias con el buque carguero de los chinos desde la torre de la masía.

No supo qué responder. Supongo que buscaba en su cabeza una idea, algo que le permitiera negociar su rendición definitiva.

—Estás preguntándote —dije— hasta dónde sé y te lo voy a decir: lo suficiente como para que ni siquiera tenga que ocuparme de ti; otros lo harán si no sigues al pie de la letra mis instrucciones.

—De eso estoy seguro. Lo que realmente me asombra es cómo has podido interpretar las señales; se trata de un código óptico en desuso desde hace más de dos siglos.

—Leyendo un libro, que es el lugar donde todo puede aprenderse —y decía la verdad; había encontrado la información en el ejemplar adquirido en la librería el día anterior.

Se produjo un prolongado silencio que ninguno de los dos parecía querer romper.

—Está bien. ¿Qué quieres de mí? —preguntó resignado.

—¿Dónde tienes el teléfono?

—Sobre la mesa, junto al polvo blanco.

La mesa se encontraba delante de él. Arrastré la silla para darle media vuelta y, de ese modo, pude coger el móvil sin que viera mi rostro.

—Dame tu contraseña.

Lo hizo. Abrí la cámara frontal, extendí los brazos por encima de su cabeza, enfoqué su rostro y comencé a grabar su confesión. Le ordené que se declarara culpable de la muerte de la muchacha de la playa y que pidiera que no lo buscaran; él mismo se entregaría al anochecer. Luego, programé en el móvil el envío de un correo a la policía para una hora más tarde, adjuntando el vídeo, y volví a posarlo sobre la mesa.

Después, vendé sus ojos y me dediqué pacientemente a ligarlo con más bridas y a cortar las que lo unían a la silla. Por último, le obligué a caminar escaleras abajo y a montar en el McLaren.

—¿Dónde guardas el dinero?

—¿Qué dinero?

—El que te entregaron los tres chinos del buque.

Exhaló aceleradamente antes de hablar.

—Si pierdo ese dinero, mis días y los de mi hijo estarán contados.

—Vas a tener que confiar en mí, a pesar de las circunstancias.

Pensó antes de decidirse.

—Está aquí, en el coche; en el maletero.

—Entonces, vámonos.

Salí a la calle y conduje el McLaren hasta la arcada solitaria del acueducto romano —aquella que yo había considerado un puente de piedra— buscando, en la medida de lo posible, vías secundarias alternativas; debíamos pasar desapercibidos para la población. Paré el coche en el arcén y descendí hasta el lugar preciso.

A él, lo dejé allí, distanciado unos metros —medio escondido por si el monumento recibía una visita— y sin la venda en los ojos, pero atado de pies y manos. Yo continuaba situado detrás, a sus espaldas, para evitar que viera mi rostro.

—He dejado todo el dinero bajo el arco, excepto los mil euros sobre los que estás sentado.

—¿Por qué lo haces?

—No quiero cargar con la muerte de tu hijo menor, así que vas a necesitarlo.

»Si todo va bien —continué—, antes de la medianoche, aparecerá un hombre tarareando música. Llama su atención para que corte las bridas; luego, págale con los mil euros y deja que se vaya. Lo que hagas después es cosa tuya, pero te sugiero que tu hijo y tú pongáis tierra de por medio. La suma que contiene la maleta es suficiente —tú ya lo sabes— para comprar una comarca entera en algunos países de Asia o América.

—¿Vas a impedir la entrega de los medicamentos?

No respondí.

VII

Subí hasta la carretera y conduje el McLaren de nuevo hasta el parking de la vivienda. Luego, me aseguré de no ser observado por ningún transeúnte o residente próximo; descendí con la bicicleta por el Parc Dalmau, crucé la nacional y me dirigí al Piscolabis.

Se aproximaba la hora del vermut y las mesas estaban repletas en su totalidad, pero no importaba, porque, esta vez, iba a sentarme en la que ocupaba Carlos en su esquina habitual.

—¡Cuánto honor! —dijo.

También Valentina se acercó para preguntarme si iba a tomar lo de siempre.

—Sí, por favor —respondí.

Cuando regresó con la bandeja, volqué la Voll-Damm siguiendo el ritual habitual y acerqué el plato de cecina de León a Carlos.

—¿Te he dicho alguna vez que es un crimen que bebas esta cerveza directamente de la botella? —dije mirando la suya.

—Sí, Ciento una veces —contestó—. Lo que no te he dicho hasta ahora es que la bebo a temperatura ambiente; nada de nevera.

—¡Jooder! —exclamé.

Luego, fui directo al grano.

—¿Ha despertado la bella dormida?

—Obviamente, no. Ni ha despertado ni se ha desvelado el misterio de la sustancia con la que fue envenenada.

—Luego, a esa conclusión, sí que ha llegado el equipo forense.

—Envenenada por inoculación. Sobre ese aspecto, no hay duda alguna. Y tampoco sobre que la policía está centrando toda su atención en el caso; tu amiga Laia ha examinado personalmente el cadáver con un esmero nunca visto.

—¿Qué quieres decir?

—Su exploración del cuerpo ha sido minuciosa e in situ; las, aproximadamente, cien fotografías tomadas por nuestro equipo no han bastado para satisfacer su curiosidad. Quizás, la policía dispone de algún dato o sigue alguna pista que no ha compartido con el entorno médico.

Di un sorbo a mi cerveza mientras mantenía mi vista fija en ningún lugar concreto de Església, intrigado respecto a qué podría estar buscando o qué creería la policía que podría encontrar examinando tan exhaustivamente a la víctima.

Llenaban la calle cientos de paseantes y bañistas que regresaban a sus alojamientos y eso me hizo recordar que, tal vez, ya podría conocer el resultado de mi estrategia, y que, para ello, tendría que acercarme a la playa, pero no fue necesario; se escuchó el sonido lejano de sirenas que discurrían por la nacional y deduje que se trataba de casi una flota.

—¿Oyes? —pregunté a Carlos mientras señalaba con el índice en dirección a la carretera.

No respondió porque miraba un mensaje recién llegado a su móvil. Lo acercó a mí para que viera la pantalla.

—Me lo acaba de enviar un compañero que está paseando por la playa.

Se trataba de un vídeo en el que se veía un coche de policía frenado junto al NUI y a dos miembros del cuerpo desmantelando el cordón establecido en el lugar en el que había aparecido la bella dormida; después, corrieron hacia el vehículo y se alejaron en él a toda velocidad.

"Despejado", pensé.

—¿A dónde irán con tanta prisa? —se preguntaba Carlos.

—Lo ignoro —dije mientras imaginaba a toda la flota reunida en el área por encima del Parc Dalmau, en la residencia del eslavo.

Me despedí de Carlos y tuve la impresión de que supo que no volveríamos a vernos.

Caminé por Església hasta llegar a Balmes. Luego, descendí por los escalones del túnel que cruza las vías. Ya en el otro lado, mi paso se ralentizó mientras practicaba un ejercicio consciente de memoria para retener la luz procedente del paisaje de mar y arena visible algunos metros más allá. Atravesé el paseo y me conduje por la pasarela de madera del NUI. La música sonaba espléndida en las cajas acústicas de Bala, que me saludó alzando la mano y pinchando un tema de Supertramp.

La terraza chill estaba abarrotada, pero aún encontré un lugar disponible. Sentado en la butaca de mimbre, no podía dejar de contemplar el movimiento ondulante de las olas mientras percibía el perfume persistente del agua salina.

Traté de centrarme en la inspección de la zona, vigilada, hasta poco antes, por las fuerzas de seguridad. "Despejado", volví a repetir para mis adentros mientras constataba que el escenario se hallaba, ahora, en el mismo estado en el que yo lo había abandonado la noche del viernes, incluido el velero anclado en el mar, a unos cientos de metros de la línea de playa.

Volví la vista al entorno más próximo —mimbre, sombrillas, arena— y me pareció una postal de colores suaves y atmósferas difuminadas, como aquellas que, en el siglo pasado, puso de moda un famoso —y, posteriormente, denostado— fotógrafo británico.

Pedí al camarero una copa de cerveza y la degusté despacio mientras planificaba las acciones que tendría que llevar a cabo en lo que quedaba del día. Después de saludar a Bala, me dirigí al alojamiento para descansar; apenas si tenía hambre, y prefería hacerlo para que todo mi organismo pudiera responder adecuadamente a los retos que, con toda certeza, iban a presentarse en las horas siguientes.

Desperté con el rumor de la calle. Comprobé la hora y me sometí a una ducha con agua fría para despejarme por completo. Luego, salí y me dirigí a la Plaça de la Vila con paso rápido mientras me preguntaba si no estaba confiando en exceso en un desconocido cuyo nivel de compromiso se encontraba, con toda probabilidad, extensamente difuminado a causa del consumo de sustancias tóxicas. Sin embargo, allí estaba, inusitadamente sereno e imperturbable. Tanto, que temí que se tratara de una trampa.

—¿Todo bien? —pregunté desconfiado.

Extendió su mano por toda respuesta y yo puse el móvil en ella. Lo guardó en un bolsillo y volvió a extenderla a la espera de que yo le entregara los trescientos euros prometidos.

—¿Dónde está el truco? —preguntó.

Sabía a qué se refería, pero no respondí.

—Mañana, vuelve a la tienda y da de baja la línea.

—¿Qué más da? Es prepago.

—Tú hazme caso. A primera hora. Y que no se te pase por la cabeza quedártela.

—¿Qué has hecho con ella? Está a mi nombre.

—Te veo tremendamente lúcido —dije—. Estaría bien que te esforzaras por continuar así.

»No te preocupes —continué tranquilizador—. Es una medida de seguridad protocolaria.

—¿Seguridad protocolaria? ¿Quién eres?

—Eso no te importa —respondí con brusquedad.

Se quedó en silencio y mirándome fijamente a los ojos.

—Tengo una misión para ti —fabulé.

—¿Una misión?

—Una oportunidad para salvar una vida. Pero tienes que actuar con la máxima discreción y sin errores.

La expresión de su cara cambió; denotaba que había tomado conciencia de la importancia de su participación en el asunto.

—Y obtendrás una recompensa económica por ello.

Ahora sí, todas sus posibles dudas respecto a la conveniencia de su colaboración habían desaparecido.

—Escucha con atención: justo después de la medianoche, toma un taxi y pídele que te lleve hasta la Font del Ferro. ¿Sabes que allí se encuentra un puente de piedra?

—No es un puente —me corrigió—; es una arcada del acueducto romano de Can Cua que hay más abajo.

Definitivamente, hasta el último mono sabía que el puto puente no era tal. Menos yo, el periodista. Respiré profundamente antes de continuar.

—Me alegra que tengas un conocimiento tan profundo del entorno. ¿Puedo continuar?

—Sí, sí —balbuceó tímidamente.

Le expliqué minuciosamente los pasos siguientes y le pedí, a continuación, que los repitiera para asegurarme de que había entendido el objetivo de su misión.

—Es muy importante que no aparezcas por la arcada hasta después de la medianoche. En caso contrario, el dinero para ti no estará allí y te quedarás sin él.

—Así lo haré.

—No me has preguntado por la suma.

—Pero lo iba a hacer. Para que no me engañen.

Se lo dije y no vi sorpresa en su rostro. Supuse que, antes de ser víctima de su adicción, había sido una persona acostumbrada a cifras elevadas.

Me despedí de él enumerando las dos tareas que debía realizar. Mientras me alejaba, su brazo alzado se agitó despidiéndose efusivamente, supongo que consciente del golpe de fortuna que había interrumpido su patética existencia, una autoflagelación infligida desde el abismo de su dependencia.

Caminé en sentido inverso a Església, en dirección al faro. Laia residía en un apartamento del área de los hoteles, entre aquel y Riera Capaspre, un segmento urbano de calles amplias frecuentado por tangibles esencias marinas traídas por la brisa que se hacen más perceptibles cuando llega la noche, quizás porque nuestra atención no se dispersa con otros estímulos.

Llegué hasta el final y descendí las escaleras que llevan a la arena para contemplar el horizonte y la línea de costa en una perspectiva distinta a la acostumbrada por mí. Reflexioné sobre lo acontecido desde la noche del viernes, como una revisión o análisis que afianzara la determinación necesaria para completar el trabajo al que, entonces, había dado inicio. Nada quedaba al azar, salvo que mis sentidos descuidaran la alerta exigible durante la ejecución de la última fase. Pero eso ocurriría más tarde; ahora, había llegado el momento de las despedidas.

Alcé mi vista de espaldas al mar; sí, allí estaba ella, en la terraza de aquel último piso. Su silueta se dibujaba en contraste con la luz de la estancia interior; permanecía de pie, con los brazos apoyados en la barandilla. Me había visto; levantó su mano y saludó. Yo respondí al saludo mientras me dirigía a la entrada de los apartamentos.

Me recibió con una sonrisa y apartándose de la puerta para dejar paso libre hacia el interior diáfano del *loft*.

—Pasa y siéntate.

Lo hice en un lado del sofá italiano de piel azul, junto a la lámpara de pantalla que se izaba desde el suelo. Delante de mí, sobre la mesa de vidrio y líneas rectas, descansaba mi móvil.

—Gracias; veo que te has ocupado de mantenerlo cargado —dije.

Se había dirigido a los ventanales para bajar las cortinas y me pareció que su paso dudaba un instante.

—Sí.

Percibí escasa convicción en sus palabras, como si ni ella misma fuera consciente de que, efectivamente, el teléfono lo estaba, y eso solo podía significar una cosa: que la carga se había producido durante la realización de otras tareas sobre él, como, por ejemplo, su conexión por cable a un ordenador. Una risa muda modificó mi semblante, pero me cuidé de que desapareciera antes de que se girara.

Después de hacerlo, cogió el mando de la lámpara y atenuó la luz.

—Laia, tengo que decirte algo.

Gesticuló una orden de silencio con su dedo índice. Luego, caminó hacia mí y acercó sus labios a los míos para besarme.

—Lo sé —dijo después.

—Esto es una despedida, Laia.

—Calla —susurró.

—¿No te importa?

—Me importa mucho. Por eso no quiero que repitas lo que sé que es inevitable.

Mientras nos desnudábamos, no podía dejar de preguntarme si imaginaba esa despedida en el modo en el que lo hacía yo —mi partida de Calella— o si, por el contrario, su cabeza había construido una idea distinta; una terminación de nuestra relación que, tal vez, ella misma estuviera proponiendo en aquel instante.

Era ya medianoche cuando la dejaba dormida en el sofá, en el que habíamos permanecido abrazados todo el tiempo. Procurando no hacer ruido, me duché antes de salir de nuevo a la calle. Lo hice sin mirar atrás, sin darle un beso de despedida. Me aseguré de que el móvil se encontrara ya en mi bolsillo y cerré la puerta con suavidad para no despertarla.

Caminé despacio por Riera, la calle que conduce a la biblioteca, en el epicentro de la localidad, y continué por Església, vacía como cualquier domingo a esa hora de la noche. Mientras lo hacía, calculaba qué tiempo debía transcurrir para que mi regreso allí fuera seguro.

Me pregunté si era normal esa especie de querencia adquirida en el transcurso de mi corta estancia de apenas tres meses, pero no fue difícil responderme a mí mismo: la mayoría de sus visitantes retornaban año tras año; algunos, desde su adolescencia.

Hice un alto en mi lugar de alojamiento para coger lo imprescindible; aquellos elementos que necesariamente debían acompañarme. Después, continué mi trayecto para girar —según costumbre— hacia Balmes y crucé el túnel que atraviesa las vías.

Podía ver la silueta de las palmeras que anteceden al NUI mecidas suavemente por el viento mientras mis pasos me aproximaban a la pasarela que conduce a su terraza chill. Me descalcé para sentir el tacto de la madera en mis pies y, luego, los granos de gruesa arena bajo estos.

Avancé hasta la línea de playa y me desnudé cuando llegué a ella. El mar estaba en calma. Recorrí en silencio meditativo los escasos metros que me separaban de este; me introduje en él y braceé hasta llegar al yate. La escalera metálica seguía en la misma posición de popa en la que yo la había dejado instalada.

Subí a bordo y lancé al agua la diminuta neumática que utilizaba para desembarcar. Remé hasta la playa y la arrastré para dejarla fuera del vaivén de las olas. Cogí de la barca la pala de plástico y busqué el móvil en el bolsillo del pantalón, que había abandonado antes sobre la arena. Cuando su pantalla se iluminó, marqué el código de acceso a la zona militarizada; entonces, apareció la aplicación de geolocalización.

Con el terminal en la mano, me moví hasta la ubicación precisa marcada por este y comencé a extraer arena con la pala. Pocos segundos después, llegaba a la bolsa que había enterrado el viernes. Nervioso, mis pulmones exhalaron aire a gran velocidad.

Tiré del bulto con las dos manos y cargué con él hasta la neumática. Regresé para tapar el pozo de arena, arrastré la barca hasta el agua y remé hacia el velero. Pocos minutos después, me hallaba a bordo.

La calma chicha no me desanimó; no tenía ninguna prisa. Icé las velas y puse rumbo al este para alejarme de la línea de costa, pero esa última maniobra fue interrumpida repentinamente.

VIII

—Me temo que deberás cambiar tu rumbo.

Era la voz de Laia, que me apuntaba con una pistola.

—Esa arma no es la reglamentaria.

—¿Eres un experto en la materia?

—¿Has dormido bien? —lo pregunté solo para ganar tiempo mientras trataba de encajaba las piezas sobrantes del puzle e ideaba un modo de ganar aquella partida que me veía obligado a jugar de manera inesperada.

—Sí, pero me gusta hacerlo con menor brevedad; especialmente, después de una sesión de sexo.

—"Sesión de sexo". ¿Era solo eso? —pregunté.

—¿Qué pasa? ¿Ahora va a resultar que eres un romántico? Por lo que constato, no parece que fueras a pedirme en matrimonio.

—Pero quizás si estuviera pensando en mantener una relación más sólida contigo a mi regreso.

—¿Y cuándo tenías previsto regresar de estas vacaciones adicionales?

—Esto no es un viaje de placer; debo ausentarme durante algunas semanas.

—¿Cuántas?

—Pocas. Ya ves que voy ligero de equipaje.

—¿Me tomas por imbécil o has olvidado que soy policía? Una persona que escapa con diez millones de euros, de noche y en su barco es poco probable, estadísticamente, que regrese; al menos, a corto plazo.

—¿Vas a detenerme? —pregunté, pero la pregunta obvia no era esa—. ¿Y cómo sabes que se trata de diez millones?

No respondió; solo movió el brazo que empuñaba la pistola para encañonar mi cabeza.

—Vira y dirígete a Roca Grossa. Pero no te acerques demasiado a tierra.

Hice lo que me ordenó y el velero se movió en dirección sur.

El mar estaba en calma y solo se oía el chasquido del agua rompiendo contra el casco en cada vaivén de la nave. Calculé que disponía de, al menos, media hora antes de llegar a la playa nudista.

Laia permanecía en silencio y sin dejar de apuntarme con el arma. Sin embargo, percibí que su tensión, su actitud de combate, se relajaba por segundos y que la expresión de su rostro perfilaba la satisfacción de quien degusta anticipadamente la victoria.

Era el momento de interpelarla, pero decidí esperar a que hablara ella.

—Si te soy sincera, creí que no lo conseguiría; que, a pesar de toda mi planificación, el éxito se me escapaba de las manos.

»Comencé a dudarlo —continuó— la noche del viernes, cuando perdí tu pista después de que salieras de la masía con la bolsa del dinero. ¿Cómo iba a imaginar que tu medio de transporte sería una bicicleta? ¡Y cargado con veintidós kilos de peso descendiendo por senderos!

No tenía que preguntarle por qué sabía que yo robaría el dinero. Me había utilizado y yo había caído en la trampa como lo hace el espectador al que el prestidigitador le ofrece que elija una carta al azar; pero no hay libertad de elección porque, en realidad, siempre pone al alcance de su mano el naipe que él desea que escoja.

Y eso es lo que había ocurrido. Yo no había escuchado las conversaciones telefónicas de Laia porque ella no hubiera guardado la discreción necesaria, sino porque deseaba y necesitaba para sus planes que yo lo hiciera.

—Desde que pusiste el pie en Calella —soltó—. Porque te estás preguntando desde cuándo sé que el periodismo, para ti, es una mera tapadera. ¿Cierto?

Abrí mis manos en señal de asentimiento.

—No eres tan anónimo como crees. Reconozco, eso sí, tu astucia para evitar la obtención de pruebas contra ti y la impunidad en la que te mueves cual verso libre.

»Pero aquí se acaba tu viaje —pronosticó.

Medité mis siguientes palabras con la mirada fija en la vela mayor, apenas inflada por un tenue viento.

—Supongo que he seguido vivo hasta hoy porque no pudiste hackear mi móvil. ¡Qué pérdida de tiempo!

—Bueno. Como tú mismo dices, hay que mantener una visión positiva ante cualquier fenómeno; lo de esta noche, en el apartamento, no ha estado nada mal.

Opté por provocar el relato hilvanado de los acontecimientos; si se concentraba en ello, tal vez bajaría la guardia y yo tendría alguna oportunidad.

—Siento curiosidad por saber cuál es tu grado de conocimiento sobre el origen del dinero.

Noté presuntuosidad en su lenguaje físico antes de que hablara.

—Se trata de una operación personal; aunque el cuerpo está al corriente, yo —y solo yo— conozco todos los detalles.

»Todo empezó con una petición de colaboración policial proveniente de Europa. Se investigaba la trazabilidad de partidas de viales —millones de viales— que aparecían anotadas en la contabilidad de un fabricante auditado por sorpresa. Como ocurre frecuentemente, buscando una cosa distinta, se encontraron con esto. Y la razón de que el asunto pasara a manos de la policía fue que no existía un reflejo contable de la transacción económica. Eran, por tanto, operaciones en B de productos —o, más bien, de componentes de productos— sanitarios, un ámbito extremadamente sensible a ojos políticos.

»En realidad, millones de viales tampoco ocupan un gran espacio —y menos aún si se dividen en diferentes partidas cuya distribución se temporiza—, así que no parece que fuera una tarea de gran dificultad su salida de la fábrica sin que constara en la documentación logística. Probablemente, se introducían en los transportes conjuntamente con otros productos y, antes de llegar al destino de estos últimos, los viales se quedaban por el camino en algún punto intermedio, desde donde eran movidos hacia su localización final.

—La masía —apostillé.

—Exactamente. Esa era la palabra que aparecía en la contabilidad: "masia"; en catalán. Nuestros colegas europeos se volvieron locos intentando identificar el término, y, por descontado, nadie en el fabricante estaba dispuesto a colaborar, lo cual no hizo sino mostrar indicios claros de la implicación de alguna o varias organizaciones criminales.

»Después de algunas horas, alguien hizo lo que, sorprendentemente, a nadie se le había ocurrido hasta ese momento: teclear "masia" en un buscador. Y, claro está, dedujeron al instante que el trayecto de los viales finalizaba aquí, en Cataluña. Ese mismo día, se establecieron las líneas de colaboración y yo quedaba al mando de la búsqueda de un potencial laboratorio clandestino en Calella, del mismo modo que otros lo hacían en distintas localidades.

»A favor de mi éxito en la operación, jugaban dos factores: el primero, que yo conocía —desde mi niñez— una edificación singular que se aprestaba a su uso como laboratorio; había pertenecido a un industrial barcelonés del siglo XIX que pasaba en ella sus vacaciones y que terminó por convertirse en su lugar de residencia. Yo la había visitado porque era amiga de la hija de los guardas de la finca que la familia mantuvo allí tras la muerte del empresario. Ellos fueron quienes me contaron que, en tiempos de este, se había construido un enorme sótano para albergar un centro para investigadores que trabajaban para él; quería mantenerlos alejados de la visibilidad pública y aquel sótano era, desde luego, el lugar perfecto para ello.

»El segundo factor es que muy pocas personas conducen un vehículo de trescientos mil euros en Calella.

—Un McLaren.

Me miró sorprendida.

—Veo que sabes más de lo parecías saber. Y eso tampoco es una buena noticia para ti.

—Te vi con el eslavo en Roca Grossa —continué sin hacer caso a su amenaza velada—; en La Vinyeta, concretamente. ¡Y eso que me decías que no te gustaban las calas nudistas! —ironicé.

Permaneció muda y atenta a mis palabras.

—Desde la distancia, no estaba seguro de que fueras tú. Pero, después, amplié la foto en la pantalla del móvil y… sí —afirmé teatralmente.

Su brazo se tensionó para apuntarme a la cabeza.

—¿Dónde está ese móvil?

—No sé decirte, la verdad. Me deshice de él. Para hablar con propiedad, cambió de manos antes de que fuera a verte esta noche.

—Voy a matarte ahora mismo si no me lo dices. ¿Dónde está el móvil?

—Pero Laia: eso es lo que ibas a hacer de todos modos. ¿No te das cuenta de que no gano nada desvelándote dónde podrías localizarlo?

Percibí su confusión.

—Y luego, está la fotografía de esa puesta de sol desde el Santi's —continué—. Cuando vigilabas el buque carguero ayer por la tarde.

Parecía paralizada.

—¿De verdad pensaste —pregunté— que iba a permanecer sin móvil todo ese tiempo? Si sabías que había escondido la bolsa del dinero bajo la arena, debiste imaginar que haría todo lo que estuviera en mis manos para que los agentes abandonaran el cerco de vigilancia en la playa. Y si la única justificación que tenías para mantenerlos allí era que no se destruyeran posibles pistas sobre el asesino de la bella dormida, una vez que el eslavo se autoinculpó, esa justificación dejó de serlo.

Meditó unos instantes buscando las palabras adecuadas para negociar conmigo sin que lo pareciera.

—Tal vez —dijo al fin—, este asunto pueda acabar bien para los dos y hoy sea el inicio de tus nuevas vacaciones. ¿A dónde te dirigías?

—Seguro que sí, Laia —dije sin responder a su pregunta final—. Yo no querría ni podría causarte ningún mal. Ahora, eres tú quien debe considerar si tu conciencia te hubiera permitido a ti hacer lo contrario.

Esbozó una sonrisa. Sin embargo, constaté —a mi pesar— que era falsa.

—Sigo interesado en tu historia —dije, y no mentía.

Se irguió presuntuosa y continuó el relato.

—Identificado el personaje y el lugar, realicé, personalmente, una primera inspección ocular antes de comunicar internamente mis sospechas. Lo hice desde una posición que me permitía otear la torre —un antiguo campanario— y escudriñar lo que ocurría en su interior. Así es como capté visualmente la acción de almacenaje del dinero en la caja fuerte por parte del ruso; se trataba de billetes de quinientos euros y había muchos; demasiados para no tentarme. Y puesto que yo era la única persona que había inferido la relación existente entre las operaciones de los viales y los movimientos en la masía, ¿por qué no sacar partido personal de ello?

—¿Porque eres policía y se te supone sentido del deber?

—¡Venga ya! Hablamos de millones de euros. Además, ¿un delincuente pretende darme lecciones éticas?

»A partir de ese momento, en resumen, dediqué todo mi tiempo a idear la manera de que ese dinero cambiara de manos para acabar en las mías. Y, enseguida, me di cuenta de que tendría múltiples oportunidades porque cada operación conllevaba un flujo en metálico: la salida del producto, porque el eslavo, como tú lo llamas, recibía el pago del mismo; la entrada de componentes para su elaboración, porque el mismo personaje entregaba el importe de su coste al intermediario que los transportaba. Esa es la razón por la que siempre permanecía en el despacho de la torre una considerable suma de efectivo.

—¿Y no podías ocuparte personalmente del asunto?

—Hubiera sido muy arriesgado. Así que desarrollé dos líneas de acción. La primera, encontrar a la persona que pudiera hacer el trabajo por mí. Y, entonces, apareciste tú.

—No me consta ser objetivo de seguimiento por parte de la policía. ¿Cómo llegaste hasta mí?

—¿Conoces la teoría de los seis grados de separación? Cada persona del planeta Tierra estaría conectada a cualquier otra a través de un número máximo de cinco intermediarios.

—Estoy al corriente de la teoría. ¿Quién te habló de mí? —insistí.

—No puedo decírtelo. Pero, respecto a la teoría, piensa que fue elaborada en un mundo sin "máquinas".

—¿Qué quieres decir con eso?

—No importa. Y tú, ¿quieres o no quieres escuchar mi relato?

Abrí la mano derecha en señal de asentimiento.

—Tenía a la persona que se ocuparía del robo —me señaló con el índice de la mano libre—; para que lo hicieras, únicamente debía descuidar la discreción en mis conversaciones telefónicas con terceros inexistentes y poner a tu alcance, de ese modo, la información necesaria para facilitarte la tarea.

—¿Y la segunda línea de acción?

—Debía obtener la combinación de la caja fuerte, pero de un modo sutil.

—Necesitabas encontrar al eslabón débil de la cadena; y ese era Gavrel.

—Has llegado muy lejos en tan solo cuarenta y ocho horas —exclamó con admiración.

»Sí —continuó—. Supe que el hijo mayor del ruso llegaría con sus amigos una vez que finalizaran las clases en Novosibirsk. La cuestión era cómo engatusarlos. Yo trataba de idear un plan completo, pero no lo lograba, así que decidí dar pasos intermedios y esperar.

»Entonces, pasó ante mí —por decirlo de algún modo— una operación de vigilancia de "chicas de compañía". Y, precisamente, se trataba de un grupo de doce personas; el mismo número de integrantes que el formado por Gavrel y sus amigos. Así que recabé toda la información conveniente para mi objetivo y me desplacé al centro del país.

—Toda la información y una máscara veneciana.

Calló sorprendida.

—Veo que puedo saltarme una parte de la historia porque ya la conoces.

—Salvo quién te proporcionó la ayuda, sí.

—Eso no puedo decírtelo.

—Tenía los elementos dispuestos —continuó—. Solo necesitaba un empujón de la fortuna.

Silencio dramático.

—En cuanto apareció Gavrel, su padre le transmitió la combinación; yo estaba observando desde el exterior cuando, en presencia de aquel, abrió la caja fuerte. Por qué lo hizo, no lo sé. Tal vez, para escenificar su entrada en el mundo de los adultos; tal vez, porque temiera que alguna "casual" fatalidad le ocurriera a él durante la estancia de su hijo en Calella y, de ese modo, lo protegía dotándolo de recursos económicos suficientes para comenzar una nueva vida en cualquier lugar del mundo.

»Así que yo podría haber encontrado otro método, pero este resultaba tremendamente limpio.

—Sí. Solo tenías que drogarlo y sonsacarle la combinación. Pero, claro está, era necesario generar una corriente de humo, y eso te llevó a ordenar a *las doce apóstoles* que saquearan las cuentas corrientes de todo el grupo.

Súbitamente, el brazo que sostenía el arma se tensó de nuevo.

—Recuerda, Laia: las fotografías en el móvil —le advertí.

—¿Cómo es posible que conozcas esa parte de la historia? —casi gritó.

—Porque me la explicó san Pablo.

—¿San Pablo? —había sarcasmo en su entonación.

—Bueno, la apóstol cuyo cerebro desparramaste por el bosque un poco más arriba del puente de piedra.

—No es puente; es una arcada aislada del acueducto romano.

—¡Me importa una puta mierda! —me encolerizaba que todo el mundo se anotara ese apunte cultural.

»¿Por qué son conocidas con ese nombre? —pregunté cuando volví a calmarme—. *Las doce apóstoles*, quiero decir.

Respiró profundamente antes de responder.

—La operación para conseguir la combinación no fue un éxito completo; eso tú ya lo sabes. Las doce "acompañantes" regresaron a su ciudad un tanto nerviosas; además de robo, una de ellas podría ser acusada de homicidio involuntario como poco.

»Como el resto, esta había respondido a la llamada recibida en su móvil y había informado de los dígitos de la tarjeta bancaria de Gavrel, pero se negó a facilitar la combinación de la caja; exigió ser llamada directamente por la mujer de la máscara veneciana y desde un número visible.

—Y tú, que veías peligrar tu plan, lo hiciste; la llamaste desde tu propio móvil.

—Me temo que lo hice. Y sí, me facilitó la combinación, pero, obviamente, se guardó el número de teléfono. ¿Y qué ocurrencia tuvo después? Encargar doce medallas —una para cada una de las acompañantes— con las figuras de los doce apóstoles y...

—Y con esa característica tan peculiar —dije continuando su explicación— de la porción añadida con tu número de teléfono grabado en ella, dando respuesta a la leyenda en la medalla que dice: "Si caigo, entrega mi otro trozo a quien se indica". Una manera sagaz de vincularte a la suerte de todo el grupo, desde luego.

Cuando percibí que había salido de su asombro por mi conocimiento demostrado del asunto, continué dialogando con ella y realizando algunas preguntas adicionales; mi interés era saber cómo había saltado a la Internet profunda la denominación autoproclamada de *las doce apóstoles*. Dejé caer que, si no había sido ella misma, tal vez hubiera sido obra del eslavo en el momento de ofertar la recompensa por sus cabezas. Lo dije aun a sabiendas de que este desconocía la existencia de las medallas.

—Sobreestimas lo humano y subestimas lo no humano —parabolizó Laia.

—¿Qué quieres decir? ¿Puedes ser un poco más explícita, por favor?

—Tal vez, más tarde. Ahora, me gustaría finalizar mi relato.

Abrí mis manos en señal de conformidad.

—En efecto —continuó—, la porción desprendible de la medalla contenía mi número de teléfono. Era obvio que el objetivo de *las doce apóstoles* no era que yo pudiera auxiliarlas o, llegado el caso, ocuparme de sus restos, sino ser merecedoras de mi permanente atención para garantizar su seguridad. El problema fue que el eslavo hizo uso de todos sus recursos para lanzar su visceral *fatwā* contra ellas, y eso, en la *Deep Web*, lleva esa condena a un punto de no retorno.

»Así que, de súbito, me vi envuelta en una cacería en la que, obligadamente, debía cobrarme las piezas, todas las piezas, antes que nadie.

—Y eso te convirtió en una asesina implacable —dije hiperbólicamente.

—Yo no diría tanto. Para empezar, no fui yo quien acabó con la vida de la bella dormida, como tú la llamas.

Al oír esas palabras, volvió a mi recuerdo la imagen de la muchacha inerte en la arena.

—¿Y quién lo hizo? —pregunté.

—No sé; un asesino. ¿Qué importa cuál? Sí fue trascendente que, en lugar de satisfacer su curiosidad llamando al número indicado en el fragmento de medalla, le entregara este al eslavo.

—Y, por esa razón, te viste con él en Roca Grossa —apostillé.

Sonrió, pero su mueca era triste.

—¿Por qué, sencillamente, no acabó con tu vida?

—El asesino únicamente le entregó el fragmento que contenía los dígitos del teléfono; supongo que perdió la medalla propiamente dicha. Así que ni él ni el eslavo sabían la relación establecida entre el texto grabado en ella y mi número.

—Pero al eslavo no le bastaba con ver colmada su venganza; quería despejar todas las incógnitas y, por eso, te llamó.

—Para ser precisos, no es que me llamara a mí; simplemente, llamó al número que aparecía en el fragmento desprendible de la medalla. Y ese número era el mío.

—¿Y qué ocurrió? —pregunté.

—Nada más sonar el teléfono, me dije: "es el padre de Gavrel". Descolgué y, a su pregunta, respondí que me llamaba Laia y que formaba parte de los cuerpos de seguridad asignados a Calella.

—¿No te pareció arriesgado?

—Al contrario; fue un modo efectivo de protegerme porque, incluso para quienes forman parte de organizaciones delictivas, es más fácil dudar sobre la oportunidad de acabar con la vida de un policía que con la de una persona que no lo es.

»Después —continuó—, él me aclaró quién era y me preguntó si podíamos vernos de un modo discreto. Y yo le respondí que sí.

—¿Y no os habíais encontrado casualmente con anterioridad? Tras la muerte de su hijo, quiero decir.

—Cuando ocurrió aquello, hice todo lo posible por mantenerme al margen de la investigación y de cualquier contacto con los directamente implicados —es decir, el padre y los amigos—.

»Y, de todos modos, ¿qué conclusión podría haber extraído en caso de que así hubiera sido? Ninguna. El riesgo real era que pudiera estar dando por hecho que la bella dormida trabajaba para mí; ten en cuenta que yo, en ese momento, desconocía que únicamente obraba en su poder una de las dos partes de la medalla: el fragmento con el número de teléfono.

»Sin embargo, acepté encontrarnos porque, por otro lado, si él pensaba que *las doce apóstoles* obedecían mis órdenes, quizás lo hiciera bajo la consideración de que no lo hacían a título personal, sino bajo mandato policial.

»Así que subí a mi coche, conduje hasta la zona del faro y, luego, caminé junto a las vías de tren para salir en La Vinyeta. Cuando llegué, me aseguré de que no hubiera observadores; gente de su círculo, quiero decir. Y no; había acudido sin compañía a nuestra cita.

»Fue directo al grano: me preguntó por qué la persona responsable de la muerte de su hijo llevaba un colgante —ese fue el indefinido término que empleó— con mi número grabado en él.

—¿Y cómo saliste de ese embrollo?

—Del único modo posible: contraatacando.

—¿Contraatacando?

—Le sometí a un interrogatorio tramposo. Le pregunté a qué persona se estaba refiriendo. Cuando me respondió que a la que habíamos hallado muerta en la orilla del mar, le interpelé respecto a su conocimiento sobre los objetos personales de aquella, objetos de cuya existencia no tenía conocimiento la policía. Y eso, claro está, lo sumió en la confusión y enmudeció.

»Al fin y al cabo, el eslavo es responsable de un negocio de cientos de millones de euros, y su gestión del mismo no puede verse entorpecida por su furia de venganza porque, si así lo hiciera, pondría en peligro la vida del resto de su familia.

»Para que terminara de quedarle claro quién de los dos ostentaba el bastón de mando en aquella situación, después de informarle de algunos detalles banales sobre la investigación en marcha para esclarecer la muerte de

Gavrel, le garanticé que le mantendríamos al tanto de los avances en la misma.

»Por último, y dado que conocía mi número directo, le pedí que me hiciera saber a mí —y solo a mí— cualquier novedad o anomalía que se produjera en el entorno de sus dos residencias: la casa adosada o la masía. Esto último despertó su inquietud, y eso es exactamente lo que yo pretendía: que tomara conciencia de que sabíamos de su relación con la casa solariega.

—Aun así, seguías en un estado de incertidumbre permanente —dije yo— por lo que pudiera acontecer con el resto de *las doce apóstoles*.

—Inicié las pertinentes indagaciones para averiguar la dimensión real del asunto.

—¿Lo hiciste por vuestros canales ordinarios?

Escudriñó mi rostro antes de responder.

—Eso no es relevante. Sí lo es que, de mis pesquisas, concluyera que era crucial llegar a *las doce apóstoles* antes que cualquiera de los cazadores atraídos por la recompensa ofrecida por ellas.

—Pero no para velar por sus vidas, sino para "requisar" sus respectivas medallas.

—Era evidente que, si el eslavo encontraba una medalla con mi teléfono en cada uno de los cuerpos, mi inocencia y no implicación en la muerte de su hijo sería difícilmente defendible.

—Pero no solo te preocupaba tu seguridad; también, que se pusiera en riesgo la operación del robo de los diez millones —dije señalando la bolsa con el dinero.

—Esa es la fría realidad; no voy a negarla.

El velero avanzaba a ritmo lento en dirección a Roca Grossa. Me pareció sentir en la piel un incremento en la velocidad del viento que ahora inflaba las velas.

—Así que —continuó— recabé toda la información posible respecto a los movimientos en torno a *las doce apóstoles*. De hecho, eso se convirtió en un proceso continuo para detectar todas las trampas que les tendían sus cazadores; algunas, ciertamente cándidas, pero no por ello ineficaces. Y así fue como apareció "san Pablo", la chica de los sesos desparramados tras su asistencia a la *rave*.

—No tienes que explicarme esa parte; yo estaba allí.

—Sí. Ahora, lo sé.

Silencio prolongado.

—¿Vamos a llegar a un acuerdo? —preguntó.

No respondí a su pregunta.

—Siento curiosidad por el destino de los viales —dije.

Rio en alto.

—El envase es lo de menos. Lo importante es su contenido.

—Ya. ¿Y qué es, exactamente, lo que contienen?

—Vacunas. Inestables —y, por tanto, ineficaces—, pero más económicas.

—¿Vacunas?

—Vacunas con destino a China. El fabricante engaña a su gobierno.

Ahora, todo encajaba.

Pensé en sabotear la comunicación entre buque y tierra que se produciría en pocas horas y abortar, así, la operación, pero prevaleció el egoísmo, la necesidad inherente al ser humano de salvaguardar la propia seguridad. Además, Laia continuaba apuntándome con su arma.

Comencé a notar nuevas ráfagas de viento.

—Laia: ¿quién te espera en Roca Grossa?

—A eso, tampoco puedo responderte.

El viento refrescó —aumentó su intensidad— y roló. Supe que tenía que aprovechar ese cambio de dirección; el velero tenía que trasluchar y tenía que hacerlo en ese momento. Largué una escota y cacé su contraria; la nave viró en redondo. La botavara giró sobre el eje del mástil mayor golpeando violentamente la nuca de Laia. Se oyó el sonido de un disparo y una bala pasó rozando mi oreja izquierda. Ahora, su cuerpo se encontraba tendido ante mí, boca abajo.

Miré a mis espaldas, hacia La Vinyeta, de donde nos alejábamos. No detecté ningún movimiento, ninguna señal de alerta; si alguien debía esperarnos allí, no había llegado aún.

Cogí del suelo la pistola y la arrojé al mar. El torso de Laia se estremecía sobre la cubierta y de su boca babeante surgían balbuceos, palabras pronunciadas con dificultad.

—¿Quién es la voz al otro lado del teléfono, Laia?

Respondió, pero apenas si oía su voz. Me puse de rodillas y acerqué mi cabeza a la suya.

—¿La voz metálica? —musitó.

—Sí. ¿Quién es él? ¿O quién es ella?

—Tal vez no exista un él o un ella —sugirió.

Se abandonó; su cuerpo perdió toda tensión.

Cogí el timón y puse rumbo a mi destino. Decidí pilotar manualmente. Serían, al menos, dos o tres jornadas, pero no importaba; los víveres alcanzarían.

Miré a Laia. A pesar de todo, no podía dejar de pensar en los atardeceres junto a ella; en las puestas de sol con los pies descalzos sobre la arena gruesa de las playas de Calella.

www.ingramcontent.com/pod-product-compliance
Lightning Source LLC
LaVergne TN
LVHW010636200726
843507LV00011B/1709